小説 吐《ト》噶《カ》喇《ラ》海峡——太平洋戦争とハンセン病

原 憲一

山陽新聞社

この小説は、母親がハンセン病に感染し、いわれなき差別に苦しんだ家族に着想を得て書かれた物語です。戦争への道を突き進んだ日本の多くの国民は、感染者の強制隔離など、国の誤った厚生政策を容認してきました。

今なお、ハンセン病への偏見は根強いものがあります。本書を通じ一人でも多くの方がこの病気を正しく理解し、疾病差別のない日が来ることを願って上梓しました。

小説の舞台は太平洋戦争前後の九州・奄美地方です。本書の内容がそのまま事実ではありませんが、読者の皆様がご理解しやすいよう虚実取り混ぜて構成いたしました。また、本文中に差別・不快語が散見されますが、その時代を示すためにあえて使用しました。先の思いばかり強く、知見・学識の浅さをカバーしきれておりませんこと、ご寛恕いただければ幸甚の限りです。

小説　吐噶喇《トカラ》海峡——太平洋戦争とハンセン病

目次

小説 吐噶喇《トカラ》海峡——太平洋戦争とハンセン病

原 憲一

第一章　奄美

吐噶喇列島の「第三名瀬丸」

まるで千切れかけた数珠玉のように九州・鹿児島から南へ、島々が弧を描いている。鹿児島・大隅諸島の種子島、屋久島の南が吐噶喇《トカラ》海峡である。さらに南に「難所の七島灘」と呼ばれた吐噶喇列島が続いている。吐噶喇の語源はさまざまだが、南西方言で沖の海を「トハラ」と呼んでいたのが「トカラ」に転じたとも言い伝わる。

吐噶喇列島のほぼ中央に位置する悪石島《あくせきじま》沖を一隻の発動機船が北へ向け航行していた。三月の東シナ海では、荒れない日はない。小船は三角波にもまれながら歩くほどの速さで北を目指していた。昭和二十（一九四五）年のこの時期、東シナ海はほぼアメリカ艦隊が制圧していた。アメリカ軍が沖縄に上陸する直前のころである。

「第三名瀬丸」と書かれた船には三人の若者が乗っていた。鹿児島行きを頼み込んだのは、奄美大島の奥千蔵で、どうしても鹿児島に行く事情があった。船の持ち主は漁師の新里謙吾で、いかにも奄美の漁師らしい屈強な体つきだ。

謙吾が突然、北の方角を指さして大声で叫んだ。

「おい、千蔵！　アリー、アリー、アリィー！　あっち。あっち見よ。アメリカの駆逐艦どう。やっぱりうたっとよ。もう駄目じゃこの海は。アメリカの艦船や潜水艦が、うじゃうじゃうっとお。奄美へ引き返すか、このまま鹿児島へ向かうか、どうする」

　大波のうねりは徐々に激しくなっていき、波間で小船は時折見えなくなり、沈んだかと思われるほどだ。第三名瀬丸とアメリカの駆逐艦の間は十キロ近く離れてはいるが、砲弾が簡単に届く距離ではあった。白波の間を真っ黒い戦艦がこちらに向かってくるような恐怖に見舞われた。謙吾に鹿児島行きを頼み込んで乗船していた奥千蔵も、船底で黒い鞄を抱きしめたまま青ざめていた。千蔵は戦時中にしては珍しく長髪だが、波しぶきで自慢の髪型はずぶ濡れで崩れたままだった。もともと鋭い眼光だが、その目を吊り

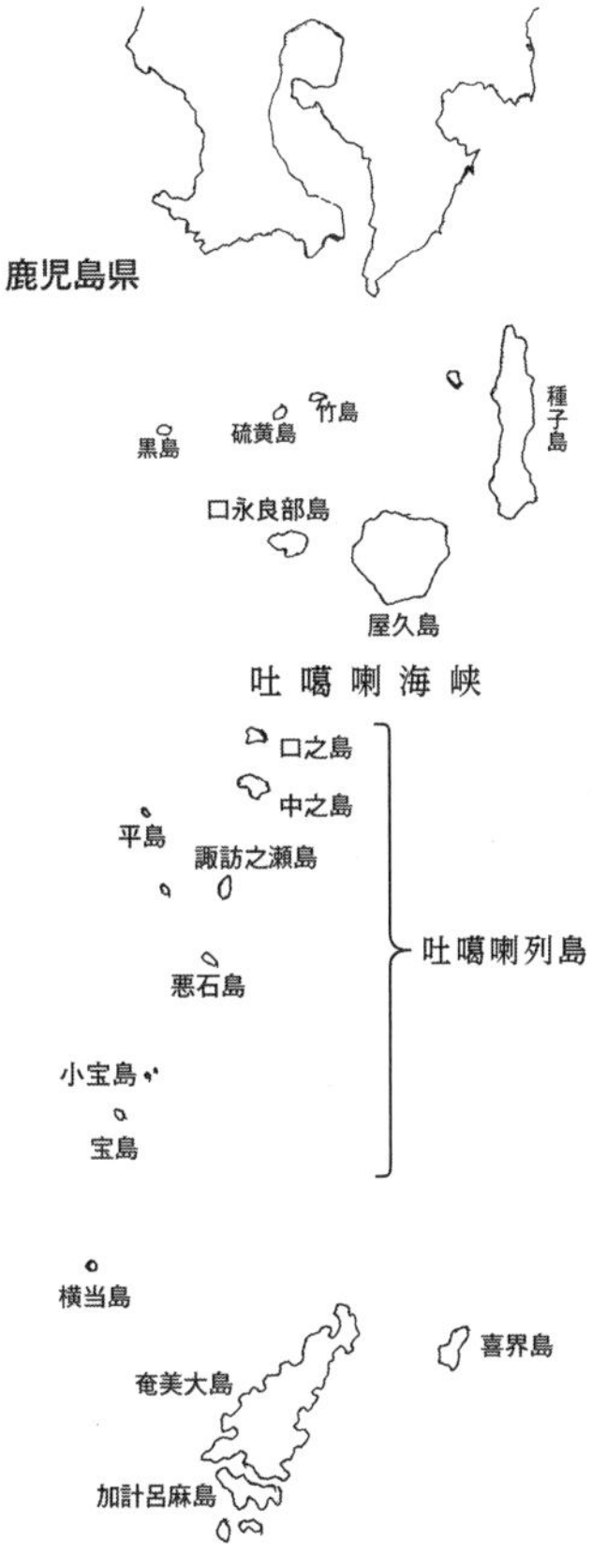

吐噶喇列島

上げて大声で叫んだ。

「おい謙吾、大急ぎで悪石島の東側へ回ろうや。しばらく岩影に隠れよや。こんな小さな船にまさか駆逐艦が撃ってくるとは思えんが、少し暗くなってから船をいじゃそや《出そう》」

「小型漁船でも、日本の船だと分かれば、攻撃してきやっとー。この前も奄美の古仁屋港で、グラマン機が小さな帆船を追いかけ回して、機銃攻撃で沈没させたらしいど。あんちゃんきゃ《あいつら》、まるで楽しむように撃ちまくっとるんど」

悪石島は奄美大島の北、約百十五キロの洋上に浮かぶ島。この悪石島の北西十キロの海域では前年八月、悲劇が起きていた。沖縄の疎開児童を乗せた引き揚げ船「対馬丸《つしままる》」が敵潜水艦の魚雷攻撃を受け、あっという間に沈没したのだ。乗っていた学童ら約千五百人が犠牲となった。この頃の吐噶喇列島周辺は、日本の船にとって死の海域であった。それなのに緊張が高まる海を命がけで鹿児島を目指していたのには深い理由《わけ》があった。

第三名瀬丸が逃げ込んだ悪石島の岩陰は、夜の闇に包まれ始めていた。千蔵たちの乗った小型船は、岩陰から出て再び東シナ海を北上し始めた。漆黒の夜空は澄み切って、暗くなるほど星の輝きが鮮やかになってくる。千蔵は夜空を見上げながら、こんなにも多くの星が見えるのかと改めて驚いていた。天空の星を見ていると、アメリカの駆逐艦のことも潜水艦のことも、戦時中であることも忘れてしまいそうになった。

名瀬町・大熊の日々

奥千蔵は大正十（一九二一）年、奄美大島の名瀬町（現奄美市）に生まれた。父親は高等小学校の教師をしていた。町内の旧制中学校を卒業し、大島紬の工場に勤めていた千蔵はその頃、父親の勤務の関係で名瀬の大熊《だいくま》の海岸から少し離れた有屋《ありや》地区に住んでいた。有屋は民家三十軒ほどが集まる小さな村だった。周りは蘇鉄の群生する山に囲まれた自然豊かなところだった。

千蔵は十五歳で青年団に入団して以来、さまざまな地域活動に携わっていた。奄美振興が遅れていたり、鹿児島からの独立県運動など、奄美大島の将来をにらんだ活動に精力的に取り組んでいた。その中で、千蔵がもっとも力を入れていた活動は、ハンセン病問題だった。当時、大熊には、他の地区と比較するとハンセン病患者が多く住んでいた。患者たちは大熊の出身者だけでなく、古仁屋など奄美大島の各地からも多く集まっていた。

患者たちは大和川尻の岩陰や鳩浜のアダンの木陰、また名浜の作業小屋などに住んでいた。なぜ大熊地区に患者が多かったかというと、大熊地区の人々はハンセン病をそれ

ほど特別視していなかったのだ。たまたま傷んだ食料を口にして病気になったという考え方が主流だった。しかし、大熊に患者が多いという噂は奄美全体に広がり、大熊漁港で水揚げされた魚が売れなくなるなど地区の問題となり始めていた。そんな中、奥千蔵はハンセン病に関心を持ち始め、さまざまな活動を開始していたのだった。

島唄・朝花節

奄美大島の中心は、港湾設備の整った名瀬だった。鹿児島や沖縄からの大型客船が入港できる唯一の港町でもあった。湾の入り口には立神《たちがみ》と呼ばれる奇岩が聳《そび》え、航海の目印にもなっている。名瀬の港から東岸を進むと小さな山羊島《やぎしま》に差し掛かり、その先は東シナ海の広がりになる。ハブの生息する半島の山道を東に抜けると大熊地区に至る。人口五百人ほどの、この大熊に物語の主人公、奥千蔵と西加奈が住んでいた。

奄美では島唄が盛んに歌われていたが、二人が住んでいた大熊地区でも、島唄は人々の最大の娯楽でもあった。奄美大島で歌われていた島唄は北部のカサン節、南部のヒギャ節、宇検村周辺のエーチ節に大きく分かれていた。どちらかというと、北部の島唄はのんびりした牧歌的な島唄が多い。エーチ節は、物悲しい感じの島唄が多かった。また南部のヒギャ節は、琉球の影響を受け、速いリズムの賑やかな島唄が多い。

名瀬の大熊付近の集落で歌われていたのは悲しい響きのエーチ節で、地区で名人といわれていたのが西加奈の父親、西新造だった。毎年夏の八月踊りでは、村の広場で三線《さんしん》を巧みに弾きながら、自慢の咽喉で「よいすら節」「朝花節《あさばなぶし》」「長雲節」「あんちゃな節」など何十曲も歌い、村人から喝さいを浴びていた。

娘の加奈も子どもの頃から唄者《うたしゃ》の父親に唄を習い、父親に負けないほどの唄者に育っていた。おまけに奄美特有の美人顔で多くの村人の評判になっていた。奥千蔵も加奈の父親に島唄と三線を習っていたが、腕前は加奈ほどではなかった。ただ千蔵は、平安時代からの島唄の歴史や唄の意味についての、新造の熱い話が大好きだった。

奄美大島では、どの地区でも「唄あすび」という歌合わせの競い合いが行われていた。島唄の歌詞は三十文字が定型になっていて、基本的には八・八・八・六文字で唄が構成されている。最初は女性が歌い、その次に男性が前の曲をなぞって別の唄を歌う。島唄のしりとりのような余興である。この即興の唄が延々と何時間も続くのである。参加者は、歌いながら相手の性格や考え方を確かめていく、という唄会であった。

加奈も千蔵もこの「唄あすび」には毎回参加していた。加奈の歌いあげる即興は参加者全員が驚くほどのでき栄えで、千蔵はいつも加奈の正面に座り、チジンと呼ばれる小太鼓ではやし立てていたのだった。こうした歌合わせは「朝花節」というあいさつ代わりの島唄で始まるのが普通だった。

加奈の鮮やかな三線の撥《ばち》さばきで唄は始まる。

朝花節

ハーレーイー
まれまれ　なきゃばうがで
なまなきゃうがむば

にゃいてごろうがむかい
（久しぶりに、あなたにお会いしましたが、
今、お会いして、今度はいつお会いできるのでしょうか）

琉球と奄美では三線の音階が違っていた。琉球の音階はドレミの「レ」と「ラ」がない。奄美の音階は「ミ」と「シ」がないのである。琉球の陽気で力強い島唄に対し、奄美の島唄が物悲しいのは、音階の違いだった。奄美の悲しみを帯びた唄のほとんどは、薩摩藩が奄美を厳しく管理していた時代に作られた。朝花節は三十番まで歌われ、歌い終わるのは深夜になることが多かった。唄は「糸繰り節」「よいすら節」「らんかん橋節」「浦富節」と途切れることなく、明け方まで「唄あすび」は続けられた。

軍政下の高等女学校

十六歳の西加奈は奄美唯一の高等女学校である名瀬高等女学校に通っていた。若い加奈は、奄美美人らしい独特の愛敬ある顔つきで、はじけるような笑顔が魅力的であった。

名瀬高等女学校

ある日、女学校の制服姿の加奈が、地区の青年団員である千蔵の自宅を訪ねてきた。

「千蔵さん。いますか。西加奈です。千蔵さんに、ちょっとお尋ねしたいことがあります」

　奄美特有の高床茅葺の家の奥から千蔵が、驚いた表情で出てきた。

「千蔵さん。お久しぶりです。今日はちょっと聞きたいことがあってきました」

「加奈さんかな。久しぶりだね。金久《かねく》の女学校に行っちゃんちね。大きくなったね」

「今、二年生です。千蔵さんは名瀬のことに何でも詳しい青年団員さんなので、いろいろ教えてほしいことがあって来ました」

　千蔵は大熊では小学生の頃から優秀で、旧制中学を首席で卒業、その後は大熊にある大島紬の工場に勤務していた。最近は青年団員として空襲避難訓練や防火訓練では先頭に立ち、地区住民からも信頼されていた。

「実は名瀬高等女学校のことなんですけど、同級生の友達がもうすぐ学校は廃校になるんじゃないかって言うんです。急に廃校なんて、そんなことあるんですかね」

「廃校の話は聞いたことないが、名瀬の特高警察が名瀬高等女学校の外国人宣教師を嫌っているとは前に聞いたことはあっとー」

加奈はやっぱり根も葉もない話ではないと思った。不安そうな加奈に、千蔵は日本の置かれている状況を説明しながら話を続けた。

「どちらかというと、日本は世界で孤立し始めとんじゃて。アメリカは日本の中国進出に神経質になって、日本に対し石油の輸出を止めるなど、日米の関係も険しくなっている。

どうやら大本営は日米開戦となった場合、この奄美大島を要塞基地にしたいと考えているらしい。そんな重要拠点の奄美大島に、イギリスやカナダからの宣教師は、スパイ活動の可能性もあって追放したいと考えているみたいなんど」

加奈は世界情勢など詳しくはないが、自分ではどうすることもできない事態であると悟った。黒い髪に隠れ気味の眉間にしわを寄せている。目は怒っているようにも見える。

「名瀬高等女学校のカトリックの先生方は、そんなスパイなんかじゃありません。私の教室の担任の先生はイギリスから来たフィリップ先生ですがとても優しくていい先生で、戦争なんか関係ない先生です」

「私も宣教師の外国人教師がスパイなんてありえないと思とうんが、先のワシントン軍縮会議で、日本海軍は艦船保有数の厳しい制限を受けており、神経をとがらせているのかもしれない。軍部としては何とかして廃校にし、外国人教師のいない新しい高等女学校をつくる方針らしいよ」

「でも学校では、戦争の話など一度も出たことないのに。名瀬高等女学校が廃校になったら、私たち生徒はどうなるんだろう」


加奈の心配はしばらくして現実のものになってしまった。この年、神宮遷宮祭で全国的に記念の遥拝式が盛大に挙行された。どの学校でも全生徒が運動場に集められ、東方の皇宮を仰ぐ遥拝の儀式を実施したが、名瀬高等女学校ではなぜかその遥拝式が実施されなかった。このことが奄美の軍関係者の間で問題視されたのだった。

名瀬高等女学校のカリキスト校長を、奄美大島要塞司令部の笠《りゅう》大佐が訪ねてきた。カリキスト校長はカナダ出身のカトリックの宣教師だった。笠大佐はつかつかっと校長室へ入ってきた。

「失礼いたします。カリキスト校長、本日は神宮遷宮祭のことでお聞きしたいことがあって、やって参りました」

笠大佐は、海軍の奄美における最高司令官で礼儀正しく訪問理由を述べた。カリキスト校長は、たどたどしい日本語で話した。

「はい、わたーしは現在、名瀬高等女学校の校長です。何でもおっしゃってください」

カリキスト校長は大正の初めに来日し宣教師として活動、日本語もなんとか不自由なくやり取りできるほどだった。笠大佐が続けた。

「カリキスト校長もご存じだと思うが、女学校が先日の遥拝式を無視したことが大問題になっています。なぜ名瀬高等女学校では遥拝式を実施しなかったのか聞かせてもらいたい。この遥拝式は日本国の大切な国事行為で、全ての国民が同時に皇居を遥拝しなければならないのです」

「それは理解できますが、しかしここはカトリックの女学校です。その日は一年に一度の大事なミサの行事があり、遥拝式は後日に延期ということにしました。遥拝しなければいけないことは十分理解しておりました」

「その考え方は間違っております。通常、皇居遥拝は全ての国民が同時に行うことで、心を一つにし国の安泰を願うものでありますから、一斉に挙行しなければ意味がないのであります」

「それは大変失礼をいたしました。以後気を付けたいとおもーいます」

「いずれにせよ、今回の遥拝式不実施の件は鹿児島の司令本部にも報告いたします。司令本部からは何らかの指示があると思います」

笠大佐は脚を揃え直立姿勢で敬礼し、校長室を出ていった。戦時下の名瀬で、外国人宣教師の排斥運動の中心的役割を担ったのは、海軍関係者や地元の各宗派の仏教寺院の代表であった。


奄美大島に初めての四年制高等女学校が創立されたのは、大正十三（一九二四）年のことだった。奄美大島でも女子教育の重要性が叫ばれ、当時大島でカトリック布教活動をしていたカナダのフランシスコ会がすべての費用を出して建設したのだった。布教のためでもあるが、奄美大島にも本土並みの女子教育が必要だという島民の願いに応えたものだった。

しかし、昭和の戦争の時代に変わると、カトリックの女学校は次第に軍部の意に沿わないものとなったのだった。どこの学校でも戦意高揚のための軍歌を合唱させられていたが、名瀬高等女学校では軍歌が歌われることはなかった。讃美歌や「庭の千草」など、西洋音楽しか取り上げなかったのだ。

中国での柳条湖事件勃発から日中戦争は日々激化していった。そんな非常事態の中で名瀬高等女学校排斥運動の動きは高まっていったのだった。そして昭和十四（一九三九）年、同校の廃校が決定され、昭和十五年度をもって廃校されることになった。

そんなある日、気持ちが塞がり気味の加奈のもとに、久しぶりに千蔵が訪ねてきた。

「加奈さん。残念だったね。軍も神経質になっているからね。まあそれだけ焦っているのかもしらんけど、今日は、女学校のことで小耳にはさんだ話を持ってきたよ」

加奈が期待を込めて千蔵に近づいた。

「女学校のことですか。どうなるんですか」

「実は名瀬にやはり高等女学校は必要だという声も多くなって、同じ校舎を使って、名瀬でなく奄美北高等女学校として、定員も倍の四百人にして再び開校するみたいだよ」

「でも先生はみんな鹿児島に送られ、誰もいませんよ」

「確かに外国人教師や宣教師は全員本土へ送還されるみたいだね。だから奄美にいる代用教員やら退職教員を集めて何とか開校するみたいだよ」

「そうですか。じゃあ転校すれば、また学校へ行けるかもしれないんですね」

「そうなるといいち思っている。ところで加奈さんは最近どうしようわけ」

「暇をみては奉仕活動をしています。大熊にはハンセン病の患者さんが保護されている大師堂があって、今は二十人くらいが暮らしています。皆さん病気になっていろんなところからやってきたんです。中には子どもさんや赤ちゃんもいます。大熊地区の人々が食べ物や古着を持ってきて奉仕活動しているんです」

「えッ、ハンセン病に罹《かか》った人たちの世話しとるわけ。病気がうつるって嫌がる人もいるっちゅうのに」

「それが、そんなに簡単にうつる病気じゃあらんど。ほかの大熊の人たちも一緒に、お世話していますが誰一人感染しとらんど」


名瀬の大熊では昔からハンセン病を「クイチゲ」と呼び、傷んだ鰹《かつお》を食べると罹ると信じられていた。また患者は霊能者で、患者に恨まれると同じ病になるとも考えられていた。大熊地区の人々だけでなく、奄美大島全体が患者を粗末に扱ってはいけないとの考えを抱いていた。特に大熊の人々がハンセン病患者を毛嫌いしないので、奄美大島各地からも多くの患者が大熊に救いを求めて集まってきていた。だから大熊では後遺症があっても、それほど特別視されることがなかった。加奈も子どもの頃から患者たちを見ていたし、親たちもそれほど差別することなく普通に接してしていたのである。

今はない名瀬高等女学校で以前、加奈は担任のフィリップ教師からキリスト教におけるハンセン病という講義を聞いたことがあった。旧約聖書の時代にもハンセン病が存在していて、感染した信者が神に「なぜ私に、このような苦しみを与えるのか」と尋ねたところ、神は「天刑ではなく天の恵み。天恵病である。選ばれし者が患う」と答えたと教えられた。つまり神より与えられた病苦であると考えれば、癒やされるという講義だった。

加奈は最初よく理解できなかったが、次第に神の教えは偉大だと思うようになり、ハンセン病患者の世話をし始めたのだった。加奈は患者を怖がりはしなかった。不自由な患者の手をさすりながら、患者を励ましていたのだった。それは加奈が特別な存在であったわけではなく、大熊の人々はみんながそうしていたということだった。

強制収容と開放治療

名瀬高等女学校の廃校が決まった前年の昭和十三（一九三八）年、南西諸島にハンセン病患者が多いことから、奄美の名瀬にも感染症の専門家が度々訪れ、啓蒙のための講演を行っていた。岡山の長島愛生園で園長の光田健輔の助手だった林文雄は昭和十（一九三五）年十月、鹿児島の星塚敬愛園の初代園長に就任した。敬愛園開設にあたって沖縄・奄美大島などを精力的に回り、多くの患者を集めようとしていた。国の莫大な予算を使って療養所を建設しても、入所者が定員割れしたのでは無意味になる。林文雄は沖縄や奄美の村々を回り、多くの患者を説得し敬愛園への入所を勧めていた。

昭和十三（一九三八）年、林文雄は大熊の輪内《わない》地区にある浦上小学校で、ハンセン病についての講演会を開催した。千蔵も大熊・有屋地区の青年団員として聴講した。会場の浦上小学校の講堂には二百人近い人々が集まり、椅子に座れない人は立ったまま聴講しており、ハンセン病への関心の高さを物語っていた。林文雄は壇上から分かりやすい言葉で演説、ハンセン病患者は療養所へ入所すべきと熱弁した。

「皆さん、こんばんは。よくお越しになりました。ハンセン病の患者は、この奄美大島を含め南西諸島に多く発生しています。特に吐噶喇列島の島々をはじめ、この奄美大島や沖縄本島でも多くの患者が出ています。

昔は遺伝病といわれていましいたが、この病気はらい菌による感染症であります。らい菌は結核菌などに比べ感染力の弱い菌です。しっかり栄養分を摂って体が健康で抵抗力があれば、簡単にうつる病気ではありません。簡単に人から人にうつる病気ではありませんが、弱い菌であるがため培養が困難で、いまだに病気を防ぐワクチンはできていません。

　もし病気に罹っても、療養所に入って治療を続ければ症状が悪化することはありません。鹿児島には星塚敬愛園という国立の療養所があります。奄美の皆さんもできるだけ早く検査をして、感染していたらこの療養所で治療を受けていただきたいと願っております」

　林の論調は、救らいの父といわれた光田健輔の演説そのままだった。患者の隔離以外にハンセン病撲滅の道はないと力説したのだった。講演は、約二時間にわたる長いものだったが、集まった人々は、誰一人として立ち去ろうともせず、真剣に耳を傾けていた。奄美大島でも患者の比較的多い大熊地区ならではの反応だった。千蔵もハンセン病について知ってはいたが、

小笠原登（左上）と林文雄

病気に対する医学知識はなかった。初めて聞く話ばかりだった。感激した千蔵は、講演が終わったばかりの林文雄を控室に訪ねた。半年前、沖縄からの収容船が大熊に寄港した時、千蔵は一度、林文雄と言葉を交わしていた。

「大熊青年団の奥千蔵です。先生、本日は貴重な話をありがとうございました」

キリスト教徒でもある林文雄は、礼儀正しく落ち着いた表情で千蔵に挨拶した。

「ああ、以前助けてくれた方ですね。覚えていますよ。あの時は海が荒れて船倉に閉じ込められ、患者も弱り切っていました。あなた方の水や食料の差し入れは大助かりでした」

「あの時は大島からもたくさんの患者が鹿児島行きを決めていたのですが、患者の説得がうまくいかず、結局五人だけを収容船に乗せていただいたんですが、この大熊地区には、まだまだ大勢の患者がいます。やはり鹿児島の療養所に行った方がよいのでしょうか」

「大熊の住民の皆さんは、ハンセン病患者さんに他の地区では考えられないほど丁寧に奉仕されています。それはそれでいいのですが、ハンセン病が感染症である以上は、あまり頻繁に接触するのは避けた方がいいかもしれません。それより清潔で安心して療養できる施設に入った方がいいのではないでしょうか」

林文雄が園長になる星塚敬愛園は昭和十（一九三五）年に開園されたが、入所者がまだ定員の五百人に達していなかった。定員不足になるのはどうしても避けたいと、園長みずからが患者を説得して島々を巡回していたのだった。千蔵がさらに質問した。

「療養所のことですが、一部の患者から、療養所に入ったら一生出してもらえない。たとえ病気が治っても死ぬまで療養所暮らしが待っていると怖がっている人もいます」

林医師の表情が、険しくなった。

「そんなことはない。病気の進行が抑えられ、無菌者になれば社会復帰もできる。だれがそんな見当違いのことを言ってますかね」

「いや、みんな住み慣れた奄美大島を離れるのが不安なんです。みんな奄美が大好きだから、鹿児島に行ったきり、帰れないんじゃないかと迷ってるんです」

「奥さん、よく考えてみてください。不安な気持ちもよく分かるが、この島にいても病気は悪くなるばかりか、他の人にも感染させてしまうかもしれないのです」

「そうですね、林先生、私もできるだけ大熊のほかの患者を説得してみますが、島を離れてまだ行ったこともない鹿児島に送られる不安も理解できますよ」

隔離政策に賛同していた林文雄だが、戦争に突き進む日本を冷ややかに見つめていた。そんな林の戦前の言葉が残っている。

恥ぢよ、恥ぢよ。戦争にばかり強い愛のない大和魂などは無きにしかず

林文雄が師と仰いでいた光田健輔は大正時代、ハンセン病患者を強制収容できる「癩《らい》予防法」制定を国に働きかけていた。そして、昭和六（一九三一）年に「癩予防法」が制定され、全国の患者は法律に基づいて強制的に療養所に収容されることになった。ハンセン病の撲滅は患者の絶対隔離しかないというのが、戦後まで続いた光田イズムだった。

彼は、はじめ西表島のような絶海の孤島に日本中の全ての患者を強制収容し、日本からハンセン病を撲滅する計画だった。しかし、西表島の住民が大反対したことから、昭和五（一九三〇）年に日本で初めての国立ハンセン病療養施設「長島愛生園」を岡山県の長島に開園したのだった。西表島を諦めた光田だったが、管理しやすい島の療養所建設には固執した。患者の絶対隔離が光田の夢でもあった。

光田健輔のハンセン病対策の計画表が、今も残っている。およそ二万人の患者を全て強制収容し、社会から引き離してしまえば、わずか三十年で患者はゼロになることになっていた。しかし、それから百年経った現在も元患者は生きている。光田の計画は破綻していたのだった。

穏やかな瀬戸内海に浮かぶ長島はこの時代、本土と陸続きではない。瀬溝と呼ばれる、わずか幅三十メートルほどの海が、患者を長く島に閉じ込めていた。患者は、島の外に一歩も出ることを許されなかった。島を出ようと思えば、不自由な体で海を泳いで渡るしかなかった。当然、溺死者も出た。

後に林は患者差別の激しい沖縄と、差別感の薄い奄美大島の違いを語っている。沖縄で百人以上の患者を集め、奄美大島の患者も集めようと名瀬の大熊漁港に立ち寄った時、多くの村人が食料や水を持ってきてくれたのに驚いたそうだ。

沖縄と奄美大島には大きな違いがある。その違いは長い奄美の歴史からくるものだ。奄美では琉球王朝の支配を受ける前の独立した時代を按可世《あじゅ》と呼んでいる。奄美大島が「按可」と呼ばれる首長を中心にした、自主性を持っていた良き時代だった。その後、琉球王朝支配下の時代を那覇世《なはゆ》と呼び、薩摩藩の支配下にあった時代を薩摩世《さつまゆ》と呼んでいる。

奄美の人々が幸せだったのは按可世の時代だけで、その後は強い権力者の支配下にあった。琉球王朝に搾取され、また江戸時代には薩摩藩の厳しい管理を受けていた。島民の姓も「奥」や「西」、「島」「茅」など一文字姓しか認めなかった。特にサトウキビ栽培では、収穫の際に根元まで深く切るよう命令されていた。島民が根元部分を持ち帰らないようにするためだった。藩財政がひっ迫していた薩摩藩は、黒糖生産を重要な収入源としていたため、切り株を残すなとの厳しい指示だった。

奄美大島の人々は、琉球王朝、薩摩藩の厳しい支配下に置かれた長い搾取の歴史の中で、虐げられた人々に同情するという、人を思いやる島風土になったのかもしれない。


林文雄の熱い講演によって、名瀬にも療養所を開設すべきだという声は大きくなった。以後も名瀬では大規模な啓蒙講演会が行われ、療養所建設が論議された。建設には反対運動もあったが、警察署長自らが先頭に立ち、力で反対派の意見を押し込んだ。

一方、療養所建設推進派のメンバーの中には、京都帝国大学医学部の小笠原登医師もいた。小笠原医師の主張は、林文雄の考えとは正反対のものだった。ハンセン病患者の収容政策に強く反対していたのだ。ハンセン病を伝染させるらい菌は非常に弱く、症状や後遺症には厳しいものがあるが、周りの人の体調さえ管理していれば、簡単にはうつらない病気なので、療養所を厳重に管理する必要はまったくないというのである。軽症者なら自宅から通院して治療もできると主張していた。また、男性患者の断種手術や、胎児の堕胎も必要ないと明言していた。

光田健輔の絶対隔離主義に従った林文雄園長は、小笠原医師の考えを認めるわけにはいかなかった。二人の正反対の考えを聞いた千蔵は、混乱するだけだった。

奄美大島に初めて国立の療養所「奄美和光園」ができたのは、この時から五年後の昭和十八（一九四三）年、終戦近くになってからだった。戦後になって、小笠原登医師は和光園に赴任、開放的な施設を目指した。奄美和光園では一九五〇年代以降、患者同士の結婚や出産を認めるなど、患者の人権を重視した。和光園周辺には他の施設で見られる高い塀もなく、昭和五十八（一九八三）年には一般外来保険診察を開始。近隣の患者でない一般人も病気の治療のため和光園の診察室に通っていたのだ。他の療養所では考えられない開放的な施設だった。

しかし、昭和十三（一九三八）年当時は、小笠原医師のような考えはハンセン病医学界では少数派であった。結局、全ての患者を「癩予防法」の下、強制収容するという保健衛生政策が国策として揺るぎないものとなったのだった。

奄美大島の戦略基地化

昭和十三（一九三八）年、日中戦争が次第に激しさを増していく中、第一次近衛内閣は「国家総動員法」を発令、戦時体制が強化された。若者や学生は、学徒動員令のもと、軍需工場や軍事基地の建設工事に駆り出されたのだった。大熊青年団の奥千蔵も近所の若者十人ほどと古仁屋の陸軍基地建設に駆り出された。

奄美大島の南端の町である古仁屋は瀬戸内海ではないかと思われるほどの、静かな海に面した港町だった。一歩外洋に出ると荒海が待ち構えているが、対岸の加計呂麻島との間の大島海峡は穏やかな海だ。海峡の水深は三十メートル以上もあった。

海軍はここに目を付け、大型艦船や潜水艦の停泊地として好適地である古仁屋周辺を、南方戦線を睨んだ重要戦略基地にしたいと計画を立てていた。また周辺の高い山には軍部の通信施設や、砲台を設置したいと考えていた。

戦争がなければ古仁屋は落ち着いた港町だが、軍事基地化の話が出てから町全体が戦時色一色に塗り替えられていた。町の真ん中には、奄美大島要塞司令部が置かれ、陸軍二七四〇部隊の二百人が駐留していた。また町の東側にそびえる油井岳には砲台が設け

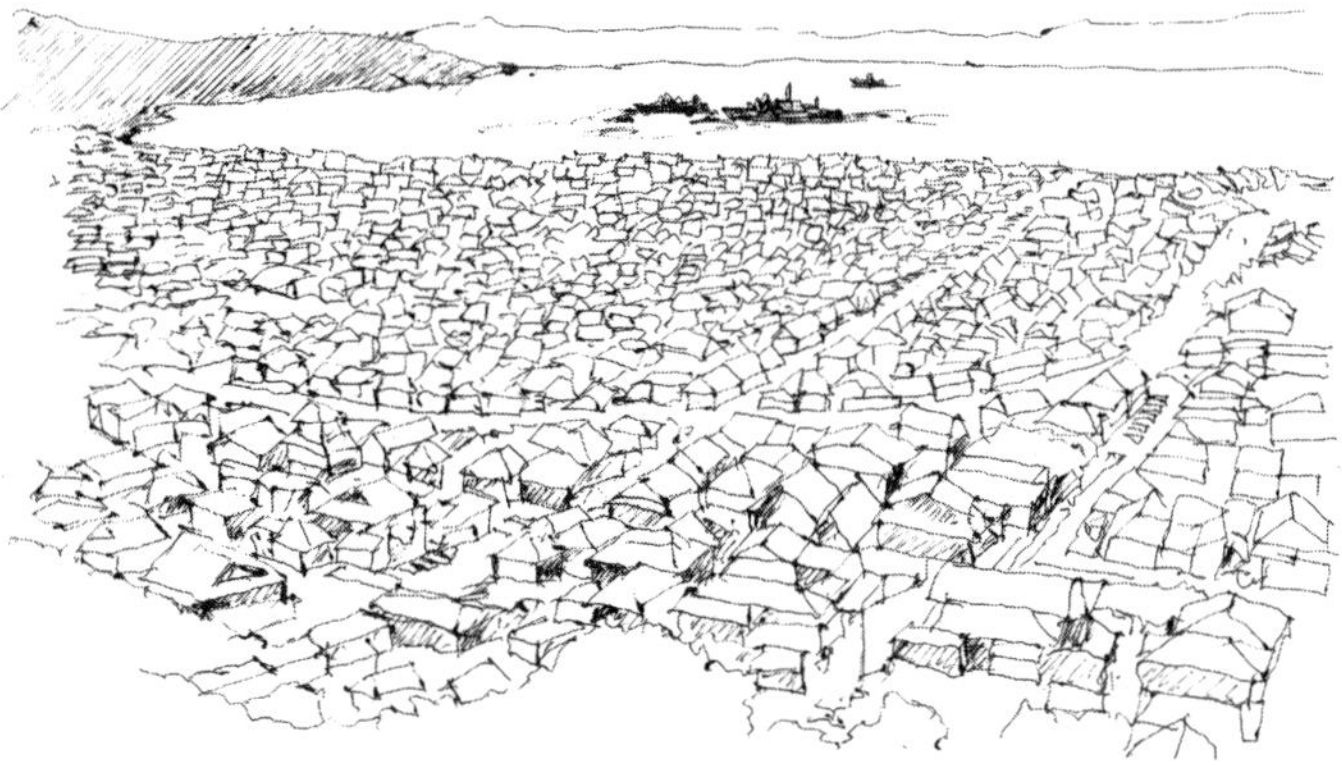

奄美・古仁屋

られ、二七五七部隊の兵士約百人が配置されていた。小さな町の中は、いたるところ兵士であふれかえっていた。

千蔵は毎日、町の周辺の山の頂上へ行き、砲台建設や、通信基地の建設工事に従事させられた。千蔵たちの宿泊場所は、町の中の国民学校が改造され、五十人ほどが詰め込まれた。一日の作業を終え食堂に行くと、地元の国防婦人会の手で作られた夕食が並べられていた。夕食中に、名瀬出身の若者が千蔵に話しかけてきた。

「千蔵さん。なんか粗末な晩飯だよな。これでは力が出ないいちょ。作業はきついのに」

木製の長テーブルの上に並べられた食事は、主食が蘇鉄がゆ、副食は、海藻のカシキャかアオサ海苔。みそ汁はグミィーという蟹で出汁を取ったものがよく出されていた。

「仕方ないよ。古仁屋で食事ができるだけマシだよ。飯が終わったら町にぶらっと出て見ようや。何かうまいもんがあるかもしれん」

古仁屋は、もともと輸送船などの船乗りたちの息抜きの町であった。ヤンゴーと呼ばれていた繁華街には、旅館が二軒、飲食店も二十軒ほどが並んでいた。また百人前後の接客の女性もいた。飲食店が集まる路地は非常に狭く、家の中から大島紬を織る音が聞こえるくらいだった。通りではティールと呼ばれる背負いかごの紐を額で受け止め、裸足で歩く女性を多く見かけた。千蔵と共に動員されていたのは、大熊の青年団からの三人だった。中でも酒好きの一人、平《たいら》岩三が大声を出した。

「千蔵さん。ほら、あの店、蘇鉄焼酎一杯、五銭と書いとる。安い安い、入ろうや」

「岩三さんは、本当に酒飲みだよね。でも旨い食い物もありそうなので入ってみようか」

店の名前は「酒処ケロマ」。「ケロマ」は加計呂麻島の現地の呼び方だ。入り口は狭いが、奥には座敷もあって二十人ほどが騒いでいた。多くは海軍や陸軍の下級兵士たちだが、奄美各地から徴用された島民らしい若者も多く見られた。年齢《とし》頃はよく分からないが、小太りの中年の女将が千蔵たちに声をかけてきた。

「あんた達、奄美だよね。どこから来たんかいな」

「名瀬の大熊よ」

「名瀬な。こんな田舎で勤労奉仕も大変だね。この町も静かないい町だったのに。戦争、戦争って、変わってもうた。兵隊さんだらけの町になってしもうたよ」

岩三がグイっと酒を飲みこんで割って入ってきた。

「女将さん、この古仁屋は戦争になると、もっと大変なことになるよ。ここは軍にとって重要な基地になるらしいよ」

「えっ、もっと変わるのかい。町が壊されてしまうよ。それでアメリカさんとの戦争は、いつ始まるんかね。戦争になったら、この町にもアメリカが攻めてくるんかい」

「それは誰にも分らんけど、戦争になることは間違いないらしい」

女将は、複雑な表情で、調理を始めた。岩三は三杯目を飲み始めていた。口調が少し酔った感じになってきた。

「千蔵さんよ。明日も山で砲台造りの工事かね」

「そうだね。班長さんの話だと、今の砲台工事が終わると、こんどは加計呂麻島で塹壕掘りに行くかもしれないいっち言ってたよ」

「加計呂麻には軍事施設は何もないのに。おかしいな。ところで中国の戦況はどうなっとるんかね」

千蔵は名瀬で聞いた話や、古仁屋で聞いた話を小声で話した。

「兵隊さんの多いここではあんまり大きな声で言えないけど、北支戦線は、ノモンハンなどで苦戦しているらしいよ。中国もソ連も手強い相手だよ」

蘇鉄焼酎はきつい酒で、すっかり酔った岩三に千蔵は続けた。

「戦争が始まって、もし沖縄がアメリカ軍に占領されてしまえば、次は奄美大島ということになり、この周辺での戦闘が激しくなるに違いない。アメリカ海軍の軍艦がこの大島海峡に入ればなかなか厳しいことになるかもど。その防衛線構築のために、わんきゃは名瀬から駆り出されたんだ」

岩三が四杯目の蘇鉄焼酎をぐいと飲みこんだところで千蔵が声を潜めて続けた。

「実は間もなく加計呂麻に特攻部隊の基地が造られるらしい。それは一人乗りの特攻艇が爆弾を積んで敵戦艦に体当たりするという秘密作戦なんだ。沖縄占領のあとアメリカ艦船が奄美大島に近づいた場合の迎撃に、一艇一艦撃沈という、恐ろしい作戦みたいっちょ」

千蔵の話を聞いた岩三は、日本が相当、神経質になっていると感じた。底なしの不安のようなものが過《よぎ》った。勢いのある華々しいニュースが毎日のように国民に伝えられているだけに、特攻艇の自爆攻撃隊は意外であった。

加計呂麻島の特攻艇

昭和十五（一九四〇）年夏、この特攻艇部隊である「震洋隊」の基地建設に再び奄美大島の若者が動員された（著者注　実際に加計呂麻島に震洋隊基地が造られたのは昭和十九＝一九四四＝年である）。戦時色はますます強まり、部隊の基地づくりは急がねばならなかった。三百人ほどの若者が加計呂麻島の呑之浦《のみのうら》に集められた。

入り江の奥に長さ三十メートルほどの茅葺の兵舎が造られていた。その兵舎の前の広場はガジュマロの大きな木で囲まれていた。そのガジュマロの前の広場に、急遽動員された男女の若者が集められた。名瀬や北部の竜郷《たつごう》など奄美大島の全域から集められた若者たちだった。千蔵は十九歳になっていた。

十五歳から二十歳すぎの男女で、全員が鍬やツルハシや籠を抱え不安そうにしていた。部隊班長の「気をつけい」の号令で全員が敬礼。その後、震洋隊の島村道夫隊長が、壇上につかつかっと小走りで上がり、敬礼後、訓示を開始した。島村隊長は、軍人のいかついイメージとは少し違い小学校の校長といった感じだった。

「諸君。わたくしは、島村道夫であります。今日《こんにち》、日米開戦の可能性は日に日に高まっ

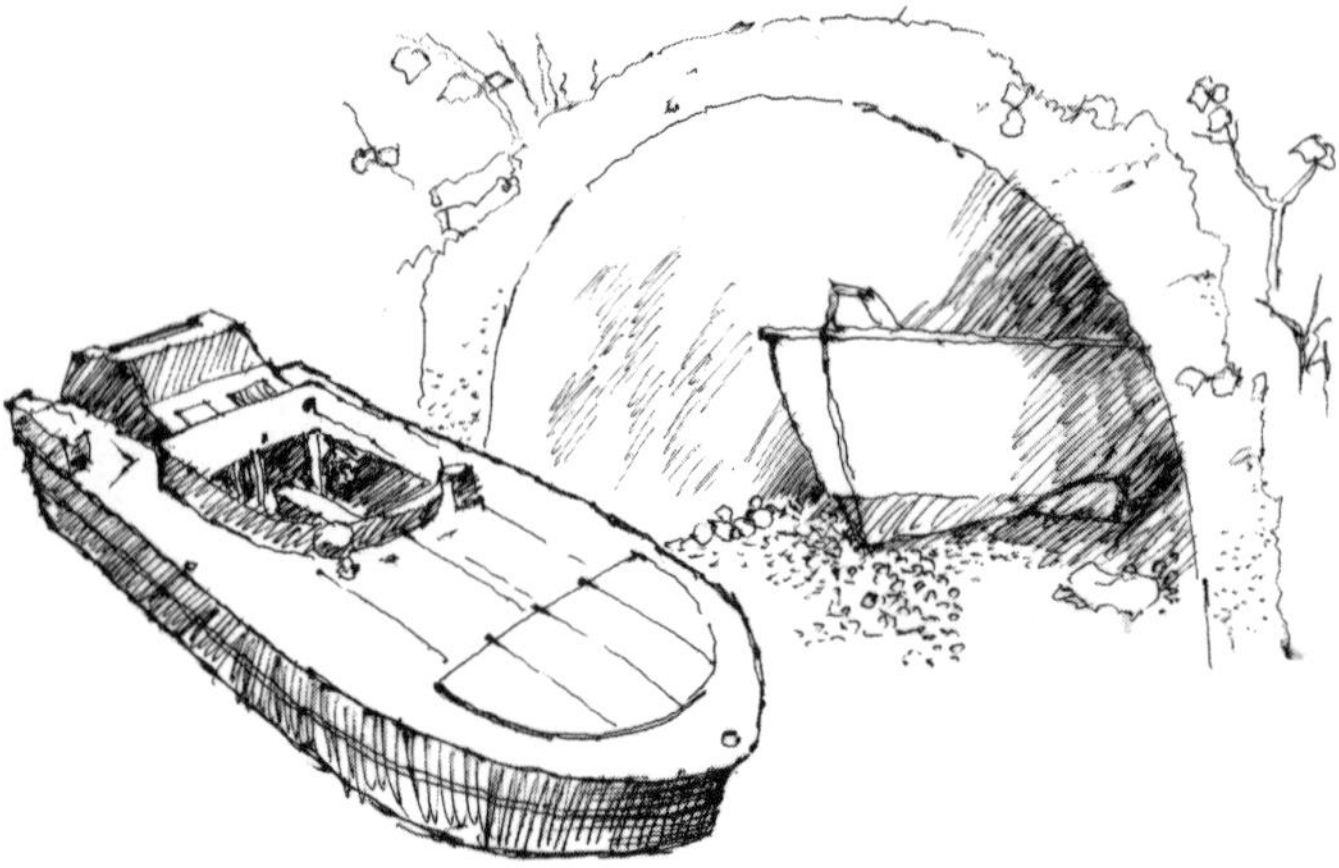

震洋特攻艇

ております。この呑之浦の攻撃隊は、非常に重要な任務を与えられております。今後考えられる米英の日本本土に対する攻撃に際し、最後の砦として基地建設が急がれます。

諸君には、呑之浦の海岸の岩を砕き、震洋特攻艇の格納のための塹壕を、一日でも早く完成させるべく任務を遂行してもらいたい。詳しくは、部隊班長より指示があります。以上」

幅三百メートルほどの波静かな入り江が呑之浦と呼ばれていた。まるで瀬戸内海の入り江のような穏やかさだった。この入り江の東側の海岸線に特攻艇を格納する洞穴を七カ所掘削するというのが、集められた若者の作業内容だった。岸壁は固い花崗岩質で、掘削機もなく人力だけで洞窟を掘るという困難な作業だった。

ツルハシを手にした千蔵が小声で岩三に囁いた。

「これは大変な作業だよ。穴の幅は三メートル。深さは七メートル。これをツルハシとスコップと鍬でやるというのは大変だよ。真夏の作業で、倒れる若者も出るかもや」

「この島は、猛毒のハブも多い。注意してやらんばや」

「しかし、日本本土の防衛線をつくれと言われれば、お国のためにきばるしかねーがな」


四年後の昭和十九（一九四四）年十一月、島村道夫を隊長とする約二百人からの部隊「第一八震洋特別攻撃隊」が加計呂麻島の呑之浦という入り江に配備される予定だった。部隊には長さ五メートルの〇四《マルヨン》と呼ばれる特攻艇「震洋」が配備される。突撃の際は三百キロの炸薬を積み込み、体当たりするという海の特攻兵器だった。当時、海軍は特攻艇を六千二百隻も造っていた。その一部が加計呂麻島の五カ所の基地に配備される予定だった。

島村隊長に続いて次に壇上に上がったのは山上英雄伍長だった。山上伍長は、作業手順などについて説明するため挨拶に立った。

「これから、諸君の作業手順や留意点について指導する。この作業は大島海峡を敵軍の攻撃から守るための重要任務であると思ってほしい。

米英との戦いになれば、本土決戦の可能性がないとは言えない。わが軍はなんとしてもこの大島で米英軍を食い止めなければならない。アメリカ艦船は、まず沖縄に上陸すると見られる。まさしく、大島海峡、加計呂麻周辺の防備を固めなければならない。畏れ多くも……」

右隣の同僚伍長はさっと皇居の方角、東に向きを変えたが、山上伍長は見当違いの西方向に向いてしまった。方角を間違えたまま、山上伍長が姿勢を正し皇居遥拝の構えをとった。その時、同僚の伍長が慌てて方角が違うと山上伍長に囁いた。それを見ていた島村部隊長が笑いを堪えているように見えた。そして奉仕隊の最前列にいた西加奈がたまらず「クスっ」と笑ってしまった。山上伍長は、加奈の小さな笑い声を見逃さなかった。

「おい、こら！　今、笑ったのは誰だ。畏れ多くも皇居遥拝で笑う奴があるか。最前列の女学生、お前か。一歩前へ出て大きい声で、所属と名前を言え」

加奈は本当に小声でくすっと笑っただけだったが、山上伍長は見逃さなかった。加奈は、一歩前に進み、直立不動の姿勢で大声で叫んだ。

「私《わたくし》、名瀬高等女学校三年の西加奈です」

その声を最後尾の列にいた奥千蔵が聞いて驚いた。同じ村の加奈が、まさか加計呂麻に学徒動員されているとは思ってもみなかった。加計呂麻に動員された若者は三百人近くいて、ほとんどお互いを知らないまま運ばれてきたので、「西加奈」の名前を聞いた時には、驚いてしまったのだった。

山上伍長の怒りの大声は止まらなかった。

「おいこら。最初の大事な訓示で笑うとは何事だ、軍を舐めとんのか。お前みたいな奴がいると、日本は米英軍に勝てない。反省しろ。しっかり反省しろ。死を覚悟して敵に向かおうとしている、特攻隊員や特攻艇の若者に申し訳ないと思わんのか」

山上伍長の突き刺すような言葉の勢いは収まる気配がなかった。たまらず、島村部隊長が口をはさんだ。

「山上伍長、もう十分だ。西加奈さんもよく分かったと思う。

さあ、明日からは暑い中での大変な作業になる。皆さんは体調を整え、頑張ってもらいたい。以上。全員解散」

解散後、動員された若者は持ってきた荷物を手に、それぞれに決められた宿舎に向かった。奥千蔵は人だかりの中から加奈を見つけ出し声をかけた。

「加奈さん。千蔵ですよ。加計呂麻に来てたわけね」

「あっ、千蔵さん。びっくりしました。名瀬からは二百人近くが集められているんですけど、千蔵さんまで来てたとは知らんかったです」

「名瀬の若者を根こそぎ集めたみたいだね。いやー、ところで、さっきは大変だったね。えらい剣幕で怒られたね」

「私が、笑ってしまったのがいけないのです。本当に申し訳ないことしましたよ。目の前にいた隊長さんが下を向いて笑いを堪えているみたいに見えて、ついつい私も笑ってしまったんです」

「そりゃ、隊長さんだって伍長が皇居の方角を完全に間違えて反対向いていたんだから。隊長さんも笑っとったよね」


島村道夫部隊長の第一印象は、軍人というタイプではなかった。島の人々も特攻艇の隊長さんは怖い人だと思っていたが。島の人々と少しずつ触れ合うにつれ、軍人というよりは、学校の先生という風に思われるようになっていた。

隊長は、ときどきたった一人で、島の中を歩き回り、さまざまな植物をスケッチしたり、浜辺で貝やカニを採って島の人に呼び名を尋ねていた。峠で老婆が重い荷物を持っていたら手助けし、広場で子どもたちが遊んでいたら手をつないで一緒に歌ったりして遊んでいたのである。次第に島の人々に尊敬されるようになり、ワーキャジューャ（我々の慈父）とまで呼ばれるようになっていった。

戦後の話だが、島村は島の国民学校の女性教師だった大石ミツと結婚し、文学活動に生涯をささげることになる。名瀬の図書館長に就任するなど、その人生のすべてを奄美大島に捧げた人生だったのである。

千蔵と加奈の二人は名瀬高等女学校の廃校問題や名瀬の様子、近所の人や知人の消息などを久しぶりに話し合った。西加奈の宿舎は、部隊の宿舎から一キロほど行った押角国民学校の一部を宿舎に改造したものだった。また千蔵の宿舎は五キロほど離れた島の南側、嘉入《かにゅう》の国民学校分校が宿舎に当てられていた。別々の宿舎であったが、呑之浦に面した海岸縁《べり》の七カ所の洞窟掘りの作業場で、二人が顔を合わす機会もあった。千蔵は、加奈との別れ際に、励ましの言葉をかけた。

「加奈さん。今は奄美で一番暑い季節なんていえ、あまり無理しないできばってくださ い。何か困ったことがあったら、遠慮なく言ってくださいよ」

「千蔵さん。ありがとう。千蔵さんも気いつけてくださいね。千蔵さんの宿舎がある嘉入はハブが多くて、夜は家の中まで入ってくるそうだから、気をつけてくださいね」

島村隊の震洋艇を隠すための洞窟掘りは、翌日から開始された。呑之浦の岸壁に七つの格納場所が決められ、特攻艇を入れる横穴掘りに三百人全員があたった。山肌は固い花崗岩で、発破火薬を使わない、人力だけの作業は想像を絶する重労働だった。おまけに南西諸島の真夏の太陽が容赦なく照りつけ、気温は四〇度近くまで上がり、毎日何人かの作業員が眩暈《めまい》でふらつくほどだった。


ある日、島村部隊長が作業現場を視察した。兵舎から海岸沿いに細い道がくねくねと伸びていた。南国らしく太陽の灼熱をたっぷり吸いこんだ蘇鉄が群生している。八月になり、赤い蘇鉄の実が山々を染めていた。島では、蘇鉄の実を粉にして、蘇鉄がゆを食べるのだが、実がなれば食料に事欠かないと、八月は島の人も豊かな気持ちになっていた。

そんな真夏の海岸沿いの道を島村部隊長は、まるで散歩でもするように歩いていた。岬を回って兵舎が見えなくなるところまでやってきて、作業中の加奈を見つけ話しかけた。

「あなたは　結団式で伍長に怒られてしまった女学生かね」

汗びっしょりの加奈が作業の手を休め、額の汗を拭きながらにっこり笑って答えた。

「そうです。西加奈です。隊長さま、あの時は、本当に申し訳ありませんでした。十分反省しております」

「いやいや私が先に笑いそうになってしまって、それを見てしまったあなたが笑い出してしまったんだ。本当に申し訳ないことをしたね。でもあんな大事な時、皇居遥拝の方角を間違える伍長も可笑しいよね。真顔で間違えている山上伍長を見て、笑いを堪えられなくて、私が先に笑ってしまって、貴方がツラれて笑ってしまった。本当に申し訳なかった」

「いえ、隊長さんに、そんな風に言ってもらったら、また私が伍長さんに叱られます」

「そうかね。ではこの話はもうおしまいにしよう。ところで作業は順調に進んどるようだね。暑い日は、まだまだ続くから、あんまり無理せずに掘ってくださいよ」

「隊長さん。本当にアメリカは、こんなところまでやって来るんですか」

「それは、私にも、はっきり分らんが、隊長の私がこんなこと言うのはおかしいが、今の日本は瀬戸際の戦いに臨もうとしている。私は軍人であるから、最後まで日本を守り抜く覚悟で特攻基地を建設しているのです。若いあなた方も、日本のため一生懸命頑張ってください」

加奈は部隊長にお辞儀をして作業に戻った。加計呂麻島での特攻艇を格納する洞窟は呑之浦の以外にも、西部の実久《さねく》村、さらに東部の久慈村にもつくられていた。奄美の人々は長い間、琉球王朝と薩摩藩の厳しい支配を受け続け、自分たちの島は、値打ちのない島と思い続けていた。しかし、太平洋戦争での日本の重要な防衛ラインとして欠かせない島であるということになって、島民の気持ちも高ぶってきていた。

千蔵の宿舎になっていた国民学校の嘉入分校の南側は長い浜辺になっていて、海は太平洋に繋がっていた。珊瑚礁が沖合一キロまで続き、水辺の海水は透き通っていた。鮮やかな色をしたナマコやヒトデが見える。ときおりまだら模様のウミヘビがくねくねと泳いでいる。千蔵は、その浜辺が好きだった。砂の上で、小さな波の音を聞いていると、気持ちが戦争から離れていき、落ち着いた気分になるのだった。

八月はいつもの年だと島の人々にとって、もっとも幸せな月であった。どこの村にもアシャゲと呼ばれる広場があり、そこに村人はそれぞれご馳走を持ち寄って集まり、のど自慢の唄者が島唄を次々と披露していく。興が盛り上がると唄に合わせて、八月踊りが始まる。三線のリズムが速くなり、太鼓が鳴り始め、指笛が鳴らされクライマックスを迎える。踊りは夜明けまで続き、若い男女は巨木ガジュマルの陰で愛をささやき合う。

厳しい島暮らしを忘れさせてくれる祭りだった。しかし、戦時色が高まるこの年の八月は何もない。誰もいない静かなアシャゲだった。島全体が息を押し殺していたのだった。

加奈倒れる

その年の加計呂麻は例年以上の酷暑の夏だった。いつもの年だと、何度となくやって来る台風だが、その年は何故か八月の台風は来なかった。毎日毎日、じりじりと焼けるような日が続いた。

加奈は、掘削された土や石を竹籠に乗せ海岸まで運んでいた。大きな竹籠で二十キロはあろうかという重さだった。作業には他の女子学生も加わっていたが、全員汗まみれだった。加奈は朝から昼前までに、三十回ほど洞窟と海岸の間を往復していた。

海岸べりに運ばれた土砂が海の方へ張り出していき、浜辺が少しずつ広がっていた。土砂の上を籠を抱えて歩いていた加奈が、突然大きな石に足を取られ転んでしまった。転んだ勢いで海辺に落ちてしまった。熱中症で意識を失ったのだ。海岸に転落したときに額を切ったのか、出血して顔中が血だらけになっていた。駆けつけた三人の隊員が担架で兵舎の応急室に運び、軍医が応急処置にあたった。出血は何とか止められたが、加奈の意識は戻ってこない。

その後、国民学校の医務室で治療を受けた加奈だが、意識が戻ったのは二日後の朝だった。押角の婦人会の何人かが看病にあたっていたが、ただ心配そうに、団扇で加奈に風を送っているだけだった。加奈が倒れたことを千蔵が知ったのは、しばらく経って宿舎で仲間から聞いた時だった。加奈の負傷を聞いてすぐ、千蔵は嘉入の宿舎を飛び出し、押角の国民学校へ走って行った。峠を駆け抜け、三キロ先の押角国民学校に着くと、医務室に飛び込んだ。ベッドの上の加奈の意識は、まだ朦朧としている。頭を包帯でぐるぐる巻きにされた加奈に、千蔵が大声で語りかけた。

「加奈さん。千蔵です。大丈夫ですか。無理したんとね。大けがしたんとね。加奈さん聞こえるかね」

千蔵の大声で加奈の目が少し開きかけ、弱々しい声を絞り出した。

「あっ、千蔵さん。来てくれたんですね」

「加奈さん。聞こえるか。大丈夫か」

「聞こえますよ。千蔵さんの声、分かりますよ」

千蔵は、ベッドの横で、立ったまま加奈に語りかけた。

「あの暑い中、倒れるまで作業していたんだね。きばり過ぎだよ」
「そうちょー。実はあの日、朝から眩暈《めまい》がして調子悪かったんだけど、私が休めば友達が大変だっち思って作業に出たんだけど、やっぱり昼前になって目の前が真っ暗になってしまって、大きな石につまずいて……」

その日から十日ほど加奈は寝込んでしまった。千蔵は毎日のように穴掘り作業が終わったあと、帰りに加奈を見舞った。加計呂麻の村々を回って、卵や鶏肉や塩豚を集めて回った。加奈に栄養をつけさすためだった。海へ行って貝やワカメを採っては、簡単に調理してもらい、加奈のベッドに持って行った。

若い加奈の回復は早かった。額の傷も小さくなっていた。ケガから二週間経って、加奈は部隊を離れ名瀬に一時帰宅することになった。名瀬の病院で検査をした方がいいという島村部隊長の配慮でもあった。

島を離れる前の日の夕方、加奈がひょっこり千蔵のいる嘉入の分校を訪ねてきた。珊《さん》瑚石《ごいし》を積み上げた門を入ると小さな運動場があり、その奥に分校の玄関口があった。大きな風呂敷包みを抱えた加奈が中に向かって声をかけた。

「こんにちは。押角の宿舎から来ました西加奈といいます。こちらに奥千蔵さんはいらっしゃいますか。ごめんください。こちらに名瀬大熊の奥千蔵さんはいますか」

しばらくして、驚いた表情で、国民服を着た千蔵が出てきた。

「加奈さんじゃあない。元気になったんだね。心配したよ。でもよかった、よかった」

「千蔵さん。私、明日の船で、名瀬にいったん帰ります。病院でしっかり検査をした方がいいと島村隊長もおっしゃるので一度帰ります。千蔵さんには、卵や肉やいろいろ持ってきてもらって、本当にありがとうございました。おかげで早く元気になれました」

「こんな遠いところまで、一人で来たのかね。あの寂しい峠をよく越えてきたね」

「名瀬に帰る前に、千蔵さんにどうしてもお礼が言いたくて。それからこれ貰ったスイカだけど皆で食べてください」

「えっ、こんな重いものをわざわざ持ってきてくれたわけ。うぶさたやー《重かったでしょう》」

「竹籠の土砂運びで腕の力がついたみたいです。大変ではありませんでした」

「加奈さん。少し時間あるかな。この先にきれいな浜辺があるんだ。俺《わん》は、よく行ってるちょ、加奈さんにも見せたいと思ってたんよ」

「ほらしゃやー《うれしいわ》。こちらに来て、太平洋側の海は見ることがなかったから行きたいです。日が暮れるまで時間もあるし」

二人は、海岸への道をゆっくり歩いた。海岸沿いのアダンの木が大きな実をつけていた。広場には、相撲大会のための土俵が造られているが、今年は八月踊りもなくて静まりかえっている。

加計呂麻島・嘉入の浜辺

海辺の岩に腰かけている二人は沖合の海を見つめていた。千蔵が話しかけた。

「あんな、きょらさん《美しい》海で、戦争して殺し合いするなんて嘘みたいだね。人間はなんで戦争しゅんかやー」

「そうだね。戦争がなければ、名瀬高等女学校がなくなることはないし、フィリップ先生が送還されることもないし、キリスト教の勉強もできるのに」

「日本は、日清、日露戦争に勝った勢いで満州国までつくって、とどまるところ知らずの国になってしまったね」

引き潮で沖合の珊瑚の連なりがよく見える。潮が引いて、魚を獲るためのイノー（石の輪）が見えている。千蔵は浜辺の小石を何度も干上がった海に向かって投げていた。

「千蔵さん。そんなこと言ったら、非国民って言われるから気をつけてくださいよ」

「この浜辺は、憲兵もいないし大丈夫だよ。しかし、震洋隊の若い隊員も可哀そうだよね。あんなベニア板の粗末な小舟で爆弾積んで突撃して行くんだね。無理だよな。アメリカ艦船の機銃掃射で粉々になってしまう。島村部隊長はどうも本気と思えないんだけど。加奈さんはどう思う」

「そうね。あんな優しい隊長さんだから、若い隊員が次々と突撃して死んでしまうのは辛いっちょ思うよね。早く戦争が終わればいっちゃむんや《いいんだわ》。そしたら、特攻隊員も死なくて済むんだ」

奄美の日没は本土より遅いが、嘉入の西空も赤く染まり始め、少し陽が沈みかけてきた。

「ところで、突然だけど加奈さんの島唄聞きたいな。昔、大熊の八月踊りで朝花節歌っていたよね。あれもう一度聞いてみたいな～」

「えっ、こんなところで三線もないし、チジンもないし」

「色んな唄者の朝花節きいたけど、加奈さん歌声が一番いい」

「そうかな。では、千蔵さんへ、お見舞いのお礼に少しだけ歌うね」

千蔵は加奈の歌う朝花節が一番好きだった。低い音域で始まる唄だが、突然舞い上がるように高い音域の裏声に変わる。加奈の透き通るような裏声が千蔵の心を揺さぶっていた。

原《はる》ぬ窪《くうぐう》みや　雨降りば　溜まる
雨　降らんでぃしゅてぃ　溜まる此処《くう》ぬ屋敷
親二人《うやったり》ぬ中に　蕾《つぶ》どぅたる花ぬ
今日《きゅう》ぬ　佳《ゆ》かる日に　咲ちゃる　マタ美《きゅ》らしゃ

加奈の裏声が寄せてくる波の音に重なっていく。千蔵は幸せな気分になっていた。千蔵が、急に加奈の方を向いて真顔になった。

「加奈さん。戦争が終わったら、俺《わん》と結婚してくれませんか。きっと加奈さんを幸せにしてみせます」

「せ、千蔵さん。突然びっくりするじゃないですか」

「加奈さん。以前から結婚するなら加奈さんのような、優しくて大島紬のようなしっかりした人がよいと思っていました。いますぐ返事をしなくていいです。この戦争が終わったら考えてください」

「私も、千蔵さんは、いつも私のことを一番に考えてくれていると思ってました。戦争が終わって平和な時代がきたら、私は、あなたと暮らしてもいいです。実は女学生の頃、優しい千蔵さんの奥さんになる人はうらやましいな、と思ったことがあります」

「加奈さんありがとう。真剣に考えておってな～。俺《わん》は本気です」

突然の告白に加奈は驚いたが、千蔵こそ、夫として最高の人物だと自分自身決めていたのかもしれない。浜に来てからずいぶん時間が経ってしまった。あたりは、薄暗くなり始めていた。

「加奈さん、押角の宿舎まで送るよ。暗くなって女一人での峠越えは危ないよ。ハブも出てくるし。一緒に行こう」

「そうですね。千蔵さんと、もう少し話せるし。ほら嬉《しい》しゃと～」

二人は峠越えの山道を歩き始めた。陽が落ちて峠は暗くなり始め、不気味な野鳥の声が響きわたっている。街灯も何もない真っ暗闇の細道だった。二人は話しながらお互いの手が時々触れているのを感じていた。二人にとって間もなく離れ離れになるとは思ってもみない幸せな時間だった。

千蔵が大熊へ一時帰宅

加奈が加計呂麻島を去って半年後、千蔵も一時帰宅が許された。午前七時、加計呂麻の瀬相《せそう》の港から船で古仁屋港へ、古仁屋から名瀬まではバス便があった。長くて狭いくねくねした山道を三時間ほど走って、大熊に着いたのは夕方近くだった。

千蔵は有屋の自宅に帰る前に、加奈の家を訪ねた。嘉入の浜で結婚を約束した加奈に、一秒でも早く会いたかったのだ。加奈の家に着くと、すぐさま、閉まったままの玄関戸をせわしく叩いた。

「奥千蔵です。今、加計呂麻から帰って参りました。加奈さんはいますか」

家の中に人がいる気配だが反応がない。静まりかえっている。加奈が飛び出してくると思ったが、しばらくして出てきたのは母親だった。何とも言えない悲しそうな表情だ。今にも泣き出しそうである。

「千蔵さん、実はむる大変《とても》なことになってしまっとるんよ」

「えっ、大変なこと?　加奈さんに何かあったんですか」

「千蔵さん。びっくりしないでくださいよ。加奈はハンセン病になってしもうたんよ」

「えっ、ハンセン病に罹ったのですか」

母親は、目を真っ赤にして、涙をぼろぼろ出しながら千蔵にことの次第を話した。

「加計呂麻から帰って急に高熱が出て、名瀬の病院に行って診察してもらったら、わき腹に斑点が見つかって、針で刺しても痛みはない。ハンセン病の可能性があるってことで、専門の先生に診てもらったら、やっぱりハンセン病という検査結果だったよ。すぐ療養所に行った方がいいということになって、鹿児島の鹿屋にある星塚敬愛園に行くことになって。三日前、主人と加奈は鹿児島行きの船に乗って行った。ここに加奈からあなた宛ての手紙を預かってるから、読んでみんちにー」

母親は真っ白い封筒に入った加奈の手紙を千蔵に手渡した。手も震えていた。

「そうですか。しかし、すぐ鹿児島行きを決めらんでもよかったんじゃないですか。加奈さんは加計呂麻で体調を崩してしまって。無理がたたって抵抗力が落ちてしまっていたのかもしれんよ」


千蔵は、その場で　加奈の手紙を、急いで読み始めた。

千蔵さん。こんなことになってしまいました。

私は鹿児島の星塚敬愛園に入る決心をしました。
加計呂麻の嘉入で、千蔵さんが結婚を申し入れてくれた時が、
私の一番幸せな時でした。
名瀬に帰るバスの中で、千蔵さんと築く家庭はどんな家庭なんだろう。
子どもは何人がいいかなって、ずーっと考えながらバスに揺られていました。
それがこんなことになってしまうなんて、私は神様を恨みたくなりました。
もう千蔵さんに二度と会えないと思うと涙が止まりません。
しかし、これも運命でしょう。仕方ありません。
どうか私のことは忘れて幸せな人生を送ってください。
さようなら。千蔵さん。

繰り返し繰り返し手紙を読んだ千蔵の目は、悔しさで今にも涙がこぼれそうだ。加奈の書いた手紙を、握りしめたまま千蔵は、しばらく黙ったままだった。五分ほど経って千蔵は、母親に大声で、自分自身の決心を告げた。
「お母さん。俺《わん》は加奈さんと結婚しますよ。鹿児島だろうが、熊本だろうが、俺は必死で加奈さんを探し出して結婚します。必ず結婚します。ハンセン病なんか問題ない。加

奈さんは軽症なんだから敬愛園なんかに急いで行かんでもよかったんだ。加奈さんを見つけ出し、彼女と結婚して子どもをつくります」

千蔵は、泣いてはいられないと歯を食いしばっていた。戦争中だろうが何だろうが、加奈と結婚する強い決意を秘めたまま、大股で立ち去って行った。その千蔵の後ろ姿を加奈の母親が泣きながら見送っていた。

第二章　鹿児島

奄美から鹿児島へ

千蔵が加奈の家を訪れたその三日前、ハンセン病と通告された加奈は父親の新造と名瀬の港にいた。二人で鹿児島行きの船を待っていた。加奈は、湾の入り口の立神岩の方をじっと見つめて押し黙ったままだった。父親も加奈にかける言葉を探したが、どう話しかけていいか戸惑っていた。やがて鹿児島行きの開聞丸が接岸し、乗客が次々と乗船を始めた。加奈はタラップを二段ほど上がったところで、後ろを振り返った。名瀬の町と故郷の山々を瞼《まぶた》に焼き付けようとしたのか。動こうとしない。父親にせかされて、やっとタラップを重い足取りで上がって行く。

「父っちゃん。私はもうここに帰って来れんかもね」

「加奈、何を言うんか。治ったら早く帰ってくればいいっちょ」

「父っちゃん、そんな気休め言わんといて。今までこの病気で島を出て、帰ってきた人なんかいないよ。奄美も今日が最後かもしれんよ」

「加奈よ。そんな悲しいこと言うなよ。将来のことなんか誰にも分からんことよ」

出航の合図の長い汽笛が湾内に響いて、開聞丸はゆっくりと動き出した。加奈は右舷

星塚敬愛園

のデッキに一人で寄りかかり、半島に広がる亜熱帯特有の濃い緑の山々をしみじみと眺めていた。名瀬から鹿児島までは、たっぷりまる一日はかかる。南方海域の緊張感は高まる一方で、東シナ海でも日本戦艦の動きがあわただしくなってきた。民間の旅客船は海軍の指揮下にあり、いつもの航行はできない。船は予定の航路を取れず、時間通り進まなかったのである。

長い船旅の二等船室で、加奈は千蔵のことを考えていた。病気と分かって、鹿児島行きの船に急いで乗ったため、千蔵とは何も話ができなかった。病気にさえならなければ千蔵と結婚してもいいと決心していた加奈だったが、ハンセン病と分かった時点で、千蔵のことはもう諦めるしかないと自分自身に言い聞かせていた。

名瀬を出て二日目の朝、左舷方向に開聞岳が見えてきた。聳える開聞岳をかすめるように戦闘機が十機ほど編隊飛行している。船が錦江湾に入って暫くすると、桜島の噴煙が見えてきた。加奈は桜島の雄大な景色を見ながら、もう奄美のことは全て忘れてしまおうと覚悟を決めたのだった。

二人は鹿児島港で大隅半島へ行く定期船に乗り換え、錦江湾の東岸に位置する垂水《たるみず》の港に到着した。大きな荷物を抱えた乗船客が、次々と港の建物を出て行く。玄関口には何台かのハイヤーが客待ちのため停まっていた。定期船到着に合わせて何台もの車が集まっていた。父親が、黒い傷だらけのハイヤーの運転手に声をかけた。

「すみません。鹿屋に行きたいんですが。乗せてもらえますか。いくらぐらいかかりますかね」

鹿屋までは距離があるので、高い運賃を期待して運転手も機嫌よさそうに返事をした。

「いいですよ。行きますよ。鹿屋のどこまで行きますか」

「鹿屋の星塚にある敬愛園に行きたいんですが」

星塚と聞いて、運転手の表情が険しくなった。

「星塚っ原の敬愛園ですか。うーん。ちょっと勘弁してくださいよ。この前、敬愛園に客を運んだ時は、会社の指示で、あとで車を洗うように言われ苦労したんです。申し訳ないけど他の車をあたってみてください」

「そうですか。敬愛園まではどのくらいの距離なんですか」

「そうだね。峠越えで二十キロ、五里はありますよ」

「バスはありますか」

「垂水から、あんなところまで行くバスなんかないよ」

加奈は心配そうに、他の車の運転手に話す父親を見つめていたが、他の車も全て断られていたようだ。

「駄目だな。星塚まで行ってくれる車はおらんね。金は多めに払うんけどな。少し遠いけど、歩けるかな」

父親も加奈も手に大きな風呂敷包みを抱えていた。

「父っちゃん。大丈夫。ゆっくり歩いて行きょうや」

「でももう四時すぎで日が暮れてしまうかもしれんよ」

「暗くなっても、私は大丈夫。父っちゃんこそ大丈夫かいな」

二人は垂水で地元の人に道を尋ねながら大隅半島の南方向に足を向け歩き始めた。最初は錦江湾沿いの夕陽の美しい道だったが、途中から高隅山中の細い道に分かれた頃から暗くなり始めた。二月とはいえ、歩き続けると汗が出る。十キロほど歩いて、二人とも少し草臥《くたび》れてきた。

「加奈よ。こんな闇夜の道を、これ以上は歩けないよ。急いで行く旅でもないし。その先の神社の祠にでも入って夜明けを待とうか」

月明りも、街灯も民家の明かりもまったくない、真っ暗闇の中だが、空を覆う星の中に高隅山など横尾連山のシルエットだけが、浮かび上がっていた。二人は神社の横にある物置のような小屋の中に身を置いた。

「父っちゃん。大丈夫かな」

「大丈夫だよ。お前は病人なのに、こんな苦労させて申し訳ないよ」

「私は病人って言われても、父っちゃんより元気だから、何も心配いらんとよ」

「お前は、まだ十八歳ちょ。これから結婚して子どもをつくって、希望に夢が膨らむ年なのに本当に辛いよ。俺《わん》がお前に代わって病気をもらいたいくらいだよ」

「父っちゃん。私のことなら心配しないでよ、やけになったり、悲観したりしないから。もう奄美で泣くだけ泣いたから、もういらん。強く生きていくから、奄美から見守って」

「お前は、いつからそんなに強くなったんかね」

「父っちゃんの娘だからよ」

「……」

反対を向いて横になっている父親新造の背中が小刻みに震えてる。

高隅山の頂上あたりが明るくなり始めた。長い夜が明けて、二人は鹿屋を目指して歩き始めた。奄美と違って九州の大地は広大である。朝から十キロほど歩いて、昼前には鹿屋の家並みや鹿屋航空隊の飛行場も見え、星塚敬愛園までは残りわずかの距離だった。敬愛園は、だだっ広い田園地帯のど真ん中に建っていた。教会だろうか、赤い屋根の大きな建物が見えてきた。海軍航空隊の戦闘機が、次々と鹿屋の飛行場から飛び立っている。その下に星塚敬愛園があった。コンクリートの大きな支柱に囲まれた門を入ると事務棟が見えた。

二人は、入り口の警備員に、名前を告げ、中へ入れてもらい、建物の中の待合室に通された。待合室の椅子に腰かけ、二十分ほど待っていたら、突然、男性職員の大きな声が聞こえた。国民服を着た、軍人のような雰囲気だ。

「おい、こら。おい、こら。お前が入所希望者か」

「はい、奄美からやってきました西加奈と申します。本日はこの療養所への入所を希望してやってきました」

「ワシは何の連絡も受けておらんから、こちらの書類に、氏名・住所・症状を書いてくれ」

まるで軍隊の入隊手続きのような空気だった。父親が担当官にペコリとお辞儀をした。

「すみません。私ら二人は、垂水からこちらまで一晩かけて歩いてきました。ゆうべから飲まず食わずで、咽喉《のど》がカラカラになっております。二人に水を頂けませんでしょうか」

書類を見ていた職員が怖い声で言った。

「二人は無理だ。娘の方は患者だから、ここのコップを使うことはできん。一つだけ持ってきてやる」

係官は奥の炊事場から水を入れたコップを、ひとつだけ大股で持ってきた。コップから水が跳ねて、床が濡れてしまった。

「ずっと朝から歩きどおしで、娘も咽喉が乾き切っているんですが、どこかで水が飲めますか」

「娘は、このあと別棟の患者棟に連れて行くから、そこの水飲み場で飲めばいい。私は入所の手続きを済ましてくる。ここで待っとれ」

係官が待合室を出て行って二人きりになった。

「加奈。さあ両手を出せ、コップの水を掌《てのひら》で飲むんだ。お前も咽喉がカラカラだろう」

父親は加奈が差し出した掌に水を注いだ。加奈は顔を近づけ、おいしそうにごくっごくっと一気に飲み干した。加奈はみじめな思いをしながら何度も両手を差し出し、水を注いでもらった。加奈が水を流し込んだのを確かめて、父親がコップの水を飲み干した。そして低い声でつぶやいた。鋭い眼差しが、係官の方に向けられていた。

「加奈よ。ここは地獄よ。ひどいところだよ。こんなところで大丈夫かな」

「父っちゃん。心配しないで。私はここがたとえ地獄でも、生きていくから安心して。殺されることはないよ。生きて、生きて、生きて、生き抜いて、病気を治して見せますからね」

「加奈よ……」

この後、加奈は係官に引きずられるように、奥の患者棟に連れて行かれた。加奈は、患者棟への長い廊下で何度も何度も振り返り、父親を見ていた。加奈が父親を見ることができたのは、この時が最後だった。


加奈と別れた新造は、そのまま船で奄美へ帰った。船の着いた名瀬の港は、戦艦が数隻停泊し、陸上にも軍用車が並べられ戦時色が一段と濃くなっていた。二日後、加奈のいなくなった西家を、千蔵が訪ねた。家の中には、加奈を鹿屋の星塚敬愛園まで連れていった父親がくたびれた様子で一人で座っていた。加奈のいなくなった西家は、小鳥が消えた鳥かごのように静まり返っていた。

「こんばんは、奥千蔵です。誰かいますか」

加奈の父親が、トボトボと玄関口に出てきた。

「ああ、千蔵さんか」

「お父さん。随分痩せましたね。大丈夫ですか」

確かに以前は自慢の咽喉で島唄を歌い元気いっぱいだったが、今は疲れ切っている感じで、以前のような陽気な表情は新造から消え去っていた。加奈を鹿児島に連れていって帰ったあとは、病人のような感じになっていた。

「お父さん。元気を出してくださいよ。今夜は、この酒で一杯やりませんか」

千蔵は、奄美の黒糖焼酎の一升瓶をぶら下げていた。

「千蔵さん、気を使わなくてもいいのに。私も加奈がいなくなってガックリ来たよ。しかし、いつまでも悲しんでいたら加奈に叱られそうなので、まあ、久しぶりに飲みますか。おーい、母さん。何かつまみはあるかね。千蔵さんと一杯やるから、何でもいいから当てを用意してくれんかいな」

千蔵は新造の案内で奥座敷に通された。奥座敷の床の間に加奈の女学校時代の写真が飾られていた。女学生の友達五人と撮った写真だった。制服姿の加奈が大きな口を開けて笑っている。

「この頃は、加奈は明るくて活発な娘だったよ。あんな病気に罹ってしまうとは、この頃考えもつかなかったよな」

母親が、モズク酢や海ブドウ、島らっきょうを小皿に盛って持ち込んできた。

「千蔵さん。こんなものしかないけど、この人と飲んでやってください。この人は、まるで死人に変わってしまって、私にも何も話さないんだから」

「お母さん。仕方ありませんよ。あんな立派な娘さんを療養所に取られてしまったんですから」

母親が千蔵と新造のコップに焼酎を注いだ。二人は顔を見合わせたのを合図にグッと一気に飲み干した。千蔵が父親と自分のコップ一杯に焼酎を入れた。二杯目も一気に飲み干した。新造にとっては、鹿児島から帰って初めての酒だった。

「千蔵さん。申し訳ないね。加奈があんなことになってしもうて」

「お父さん。加奈さんは強い女性ですから、療養所で逞しく生きていきますよ。それよりお父さんが心配です。お父さんが病気にでもなったら、加奈さんが悲しみますよ。元気を出してくださいよ」

新造が海ブドウや島らっきょうを口に運びながら、三杯目の焼酎を口にしている。もともと酒好き、唄好きの陽気な唄者だ。顔に少し赤みが出てきた。

「お父さん。こういう時こそ歌わねば。奄美の島唄は悲しみを癒やす唄だと、お父さんは以前話していたじゃありませんか」
「本当だね。奄美の島唄は、悲しみや辛さを乗り越えるための唄だもんね。よし。歌うぞ」
新造が床の間の三線を持ち出し抱え込んだ。三線を抱え込んだまま、グイっと焼酎を飲み干した。竹ひごの撥で、三線を鳴らし始めた。静かな曲だ。千蔵も母親もじっと聞き入っている。

成《な》らぬだなしいて　流しゃ舟
乗りゅり幸運日《ぬさるひ》ぬ有りば
わたしゃんちゃ乗ゆみ
（暮らして行けなくて渡船稼業。運が向きゃ渡し舟など乗るものか）

渡しゃ舟　磯《す》舟
人《ちゅ》濡らす磯舟
衣《きん》濡らすつらさ　漕ぐつらさ

（渡し舟の磯舟、人濡らす磯舟　衣濡らすつらさ。漕ぐつらさ）

「お父さん。いい唄ですね。何という唄ですか」

「千蔵さん。この唄は喜界島で昔から歌われている島唄だが、この唄を知ってる人は少ないよ。この唄はワタサ節といって、昔、喜界島からハンセン病患者を島の外に運ぶ時の唄なんですよ」

「へえ、そんな唄は、初めて聞きましたよ」

「小さな喜界島で患者が出ると、島内で暮らしていくのは大変だから、大島の名瀬へ行けば物乞いでも何でもやって生きていける。だから患者が出たら大島に渡し舟で運んでいたときの島唄なんだよ」

「お父さん。どちらかというと残酷な唄ですよね」

「いや、この唄は患者のことを偲ぶ唄で、八月踊りでは、ワタサ節踊りもあったんだよ」

「そうか。病気になった人を忘れないために唄や踊りで偲んだんですね」

二人は、一升瓶がほとんど空になってしまうほど飲んでいた。このあと千蔵と新造は夜明け近くまで唄いながら加奈の話を続けた。千蔵も父親の三線で十曲以上も歌ったのだった。母親は、知らない間にいなくなっていた。新造の久しぶりの島唄に安心したのかもしれない。

太平洋戦争開始

昭和十六（一九四一）年暮れ、千蔵は加奈のいなくなった大熊の港を早朝、ブラブラと歩いていた。前の晩も寝苦しくて、午前四時頃から目が覚めてしまったのだ。大熊漁港には何艘もの漁船が停泊していた。千蔵はその漁船に乗って三百キロ離れた加奈のいる鹿児島に行きたいと思い詰めていた。三百キロといっても、三日も北進すれば指宿あたりに着くかもしれないと安易に考えていた。

江戸時代、吐噶喇列島を島伝いに渡って鹿児島まで行くのは、当たり前のことだった。ただ冬の東シナ海は荒れる日が多く、さらにサメの多い海でもあるので、航行に失敗して海の藻屑になったという話も伝えられる難所ではある。

しかし、どんな危険な航海でも、加奈に会えるなら命を懸けてもいいという決意が次第に大きくなっていった。日の出前になって、友人で漁師の新里謙吾の千蔵を呼ぶ声が聞こえてきた。

「おーい、おーい。千蔵。そんなところで朝っぱらから、ぬーしーな《何しとんかいな》。もうすぐラジオで重大発表があるらしいよ」

昭和十六（一九四一）年十二月八日午前七時、千蔵と岩三は大本営の緊急ラジオ放送を漁業組合の事務所で聞いた。ピンポンという音がして、大本営は興奮気味で重大発表を伝えた。

臨時ニュースを申し上げます。臨時ニュースを申し上げます。
大本営陸海軍部、十二月八日午前六時発表。
帝国陸海軍は本八日未明、
西太平洋においてアメリカ、イギリス軍と戦闘状態に入れり。

ラジオ放送を聞いていた、千蔵と謙吾が思わず顔を見合わせた。

「本当に、戦争が始まってしまったよ。アメリカとイギリスが相手だよ」

漁協事務所の何人かは、手をたたいて大喜びしている。バンザイを叫んでいる漁師もいた。しかし、千蔵と謙吾の二人は、とうとうやってしまったかという複雑な心境で顔を見合わせた。

　千蔵が小声で謙吾に語りかけた。

「連合軍相手に、大変なことになったな。軍事力の差は大きいぞ。今、こんなこと言ったら怒られるかもしれんが、もし日本が負けたら、奄美はきゃしゃなりゅんかい《どうなるんかいな》」

「そりゃ、沖縄にも奄美にもアメリカ軍やイギリス軍が上陸してきて、みんな殺されてしまうぞ。勝つしか道はないんだ。日清、日露でも勝った強い日本軍だから、簡単に負けることもないっち思う」

　ラジオを一緒に聞いていた、ほかの漁師たちも次第に複雑な表情に変わっていた。中には東に向いて手を合わせながら、ぶつぶつ囁いている漁師もいた。目の前の東シナ海も戦場になる可能性は高い。


　一か月後、日本軍はマニラを占領したのに続いて、シンガポールも占領、千蔵の心配をよそに、戦勝ムードが日に日に高まっていった。奄美の名瀬でも、市民による提灯行列が実施され、大騒ぎになり、歓呼の声が響き渡った。

　しかし、昭和十七（一九四二）年六月のミッドウェー海戦でアメリカに大打撃を受けてからは、流れが一気に変わってきた。大本営は国民の戦意高揚のため、勢いのある発表を続けていたが、不安を感じる国民もいた。千蔵もその一人だった。

「アメリカ軍の本土攻撃や空襲を受け、本土決戦になってしまえば、もう加奈には会えないかもしれない」

謙吾は千蔵とは違い、少し希望も持っていた。

「千蔵、そんなに簡単に日本が負ける訳ないっちょ。日本の兵隊は大和魂という武士道精神がある。そんな日本軍が、アメリカ軍の兵隊に負けることはない」


しかし、そんな謙吾の見込みは次々と崩れていく。

昭和十八（一九四三）年になると、ガダルカナルの日本軍撤退、アッツ・キスカの日本軍が全滅。陸軍は、決戦のスローガンを書き込んだ「撃ちして止まむ」のポスター五万枚を全国に配布した。名瀬町内でも電柱や民家の塀にポスターがべたべた貼られた。そうしたポスターは戦意高揚というより、逆に日本が追い詰められていると感じさせていた。

翌年の昭和十九（一九四四）年になると、さらに戦況は悪化した。七月にはサイパンで日本軍が玉砕。サイパンからの日本空襲が始まってしまった。十月になると沖縄本島が空襲された。奄美でも古仁屋、名瀬が空襲されるようになってきた。日本の敗色が一日一日と濃くなってきた。

第三名瀬丸、鹿児島を目指す

昭和二十（一九四五）年三月——。大熊漁港は名瀬の港から半島を一回りした入り江の奥にある。常に五トンほどの小型漁船が数多く係留されてある港だった。千蔵の友人、新里謙吾の船「第三名瀬丸」もこの港の東の端に係留されていた。千蔵と謙吾は第三名瀬丸の前で話し込んでいた。

「なあ、千蔵よ。この船で鹿児島へは行けないことはないが、なかなか大変だよ。一週間くらいは、いや十日くらいはかかるかもしれんな。普通の時なら三日もあれば大隅半島までは行けるが、今はアメリカの潜水艦や駆逐艦が我がもの顔でのさばってる海だからな。しかし、なんでそんなに無理して行くわけ？」

「危険な海だというのは、分かってる。今は定期船も止まったままだし、鹿児島に行くには、漁船で行く方法しかねんど～」

「それは分かっとるんば。そんなに無理して、なんで行くんかと聞いとるんじゃ」

「実はな、謙吾も知っとると思うが、うちの近所の西加奈さんよ。実は俺は、戦争が終わったら、彼女と結婚する約束だったんよ。その彼女がハンセン病に罹って、鹿児島の療養所に行ってしまったんよ」

謙吾は千蔵の初めてのうち明け話に驚いた。

「加奈さんのことは俺も知っとるがな。名瀬の高等女学校に通ってた加奈さんだよね。あの賢そうな目のきれいな娘さんだろう。そうなんだ。彼女はハンセン病に罹ってしまったんか。戦争でみんな食べる物に苦労して抵抗力がなくなってきたんかな。

実は千蔵がまだ加計呂麻にいる間に、大熊で大掛かりなハンセン病の検査があって、三人ほど新たに感染者が見つかったのよ。その内、何人かが鹿児島の療養所に行くって聞いていたけど、その中に加奈さんもいたっちょ。

知らなかったな。でも元気な患者は、こんな非常時に、無理して鹿児島まで行かんでもいいちゅう意見もあったみたいちょ」

千蔵は加奈の母親から聞いた話を謙吾に伝えた。

「結局、加奈さんは医者の勧めで、行く決心を固めたらしんちょ。加奈さんは俺《わん》と何も話もしないうちに奄美を出てしまったわけ。加奈さんは、私への手紙を母親に預けていたんだが、それにはもう加奈のことはいなかったと思ってくださいと書いてあった。

よっぽど思い詰めて書いたみたいなんだけど、俺《わん》は加奈さんが病気になろうが、どうなろうとも結婚する意志は変わっていない。そのことを本人に伝えたい。

そのためにはどうしても鹿児島に行かんばらん。戦争がどういう状況だろうが、俺には関係ない。このまま死ぬまで加奈さんに会えないというのは、どうしても納得できんのよ。だから俺を鹿児島に運んでくれ。頼むよ、謙吾。一生の願いだ」

千蔵は、最後は謙吾の腕を掴《つか》んで頼み込んだ。謙吾は、しばらく考え込んで、千蔵に向きあった。千蔵は昔から強い男で、謙吾が困っている時や、子どもの頃にいじめられている時に、いつも庇ってくれたり、助けてくれた。

「千蔵よ。分かった。俺が鹿児島まで連れていってやる。加奈さんに直接会って、お前の思いを話せ。辛い思いをしている加奈さんも元気が出るだろう」

「謙吾、ありがとう。この恩は忘れんよ。手元に親戚から集めていた金がある。燃料代もいるし少ないけど取っといてくれ」

「千蔵、金は要らん。向こうで何があるか分らんから、その金は持って行け。それに、俺が隠していた黒糖をいっぱい用意するから持って行け」

話が決まって二人は素早く準備に取りかかった。燃料の重油を大量に積み込んだ。水や食料……、小船が沈まない程度に多くの物を積み込んだ。それに帰りの航路で必要だからと、謙吾は、近所の十五歳くらいの若者も連れてきた。

三人は次の日の早朝に大熊漁港を発つことにした。三月の東シナ海は大荒れの日が多い。謙吾の発動機船「第三名瀬丸」は夜明け前の大熊漁港を出港した。昭和二十（一九四五）年三月、終戦のおよそ半年前の初春だった。

奄美から鹿児島までは約三百キロで、吐噶喇列島は大小十二もの島が数珠のように連なっている。このうち人が住んでいる島は七つある。南から、宝島、小宝島、悪石島、平島、諏訪之瀬島、中之島、口之島と続き、吐噶喇海峡を挟んで屋久島、種子島と続く。難所の吐噶喇海峡を越えて屋久島まで到達すれば、鹿児島までは何とかなる。

しかし、初春の東シナ海は風が強く荒れる。七島灘と恐れられた難所でもあった。この日も海は大荒れで、船は木の葉のように右へ左へと流されていた。謙吾は大波を避けようと、右へ左へと必死で舵を切っていた。大きな横波をまともに受けると、五トンほどのポンポン船はひとたまりもない。簡単に横倒しになってしまう。謙吾が千蔵に大声で呼びかけた。

「千蔵。髪を靴ひもで結べ。海に落ちたら、自慢の長い髪が邪魔になるぞ。この白いマフラーも首に巻いとけ。海に落ちた時に、サメよけになるから」

上下左右の大きな揺れに、千蔵は嘔吐を繰り返しながら、壁に寄りかかりグッタリしていた。口之島を過ぎて吐噶喇海峡を越えた頃、屋久島の島影が見えてきた。屋久島に近づくにつれ、波が徐々に穏やかになってきた。少し余裕が出てきた謙吾が千蔵に声をかけた。

「千蔵。大丈夫か。もうすぐ屋久島に着く。屋久島の宮之浦で陸《おか》に上がって一休みしよう。明日は早朝から船を出せば、夕方には大隅半島にたどりつけるだろう。加奈さんに会えるぞ。もう一息よ」


船は夕方前に宮之浦港に入った。港内に日本海軍の小型艦船が停泊していたが、こちらを伺う風でもなかった。船を接岸させ、三人は陸に上がったが、足がふらつく。まる三日間も船に揺られていたせいか。陸に上がっても地面が揺れているように感じられた。謙吾は、朝までどこかの物陰で眠って、早朝出発する計画を立てていた。

謙吾は船から持ち出した黒糖菓子を小さく割って二人に手渡し、残った黒糖を自分も頬ばった。疲れを消すような甘味が口の中に一気に広がっていく。他に口にするものは何もない。三人とも空腹ではあったが、諦めて目を閉じた。

が、千蔵はなかなか眠ることができない。もうすぐ加奈に会えるかもしれないという興奮で何度も目が覚めた。仕方なく起きて海岸近くまで歩いた。海辺で座り込み、夜空を見上げた。冬の夜空は澄み切っていた。星空に吸い込まれてしまいそうになるほど、大小の星が輝いていた。戦争が嘘のような静けさである。

星空を見ながら、千蔵は、加奈の父親から教えてもらったワタサ節を思い出していた。喜界島のハンセン病にまつわる悲しい島唄だ。患者を送り出す喜界島の人々の悲しさが、加奈を思う切ない気持ちに重なってくる。唄者である加奈の父親の新造から聞かされた島唄の旋律を微かに覚えていた。千蔵は小さな声でワタサ節の一部を口ずさんだ。

渡《わた》しゃ舟　磯舟　人《ちゅ》濡らす磯舟　衣《きん》濡らすつらさ　漕ぐつらさ

加奈の明るい笑顔が、星空に浮かんでくるようだった。

次の日の早朝は、晴れ渡っていた。暖かくはないが、海からの風が少しだけ春めいた感じがした。謙吾は岸壁に係留していた第三名瀬丸の焼玉エンジンを勢いよく始動させた。静かな港に大きなポンポンというエンジン音が響き渡った。不審船と思われてもいけないので、低速で静かに港を出た。

大隅半島・島泊

　大隅海峡の西向こうに、朝陽に照らされた開聞岳が確認できた。やっと九州だ。鹿屋へは錦江湾に入って垂水に接岸するのが最短だが、錦江湾内は日本の戦艦がひしめき合っているに違いない。反対側の志布志湾もアメリカ軍の上陸の可能性があり、日本の戦艦が待機している可能性があるので、大隅半島の南端、佐多岬を目指したのだった。船は硫黄島、竹島を横目に見ながら佐多岬の島泊《しまどまり》港を目指した。

　少しだけ春めいてきた昭和二十（一九四五）年三月に入ったばかりの早朝、大隅半島の南端、島泊の港に「第三名瀬丸」が入ってきた。東シナ海の冷たい荒波を何度もかぶったので、海水が船底に二センチほど溜まっていた。船に乗っていた三人は疲れ切って、顔色が泥のような色になっていた。動きも少し鈍い。

千蔵は、大きなカバンを抱えて岸壁に飛び降りた。まるで青年文士のようにも見える長髪の千蔵だが、前髪はびっしょり濡れていた。

「千蔵、大丈夫か。貴様《やーは》、本当に鹿屋まで歩けるのか。山道で五十〜六十キロはあるぞ」

謙吾が、波止に這い上がったばかりの千蔵に話し続けた。

「それから千蔵よ、気をつけて行けよ。アメリカの戦闘機が来るかもしれないよ」

「大丈夫だ。謙吾、ありがとう。ここまで来たら鹿屋までは陸続きだ。何とかなるよ。それよりアメリカの潜水艦に気をつけろよ。対馬丸がやられた悪石島のあたりは、敵の潜水艦がうようよしとるから」

昭和十九（一九四四）年七月、サイパン島が陥落してからは、アメリカ軍の攻撃目標は沖縄に向けられていた。沖縄周辺の制海権、制空権は、ほぼアメリカのものになっていた。昭和十八年五月から昭和十九年八月までに「嘉義丸」「湖南丸」「台中丸」「富山丸」「宮古丸」と五隻の輸送船が魚雷攻撃で沈没していた。そして八月二十二日、学童疎開船「対馬丸」がアメリカ潜水艦「ボーフィン号」の魚雷攻撃で沈没、学童ら約千五百人が犠牲となったのだった。

「大丈夫だよ。こんなちっぽけな漁船なんか攻撃するもんか。魚雷の無駄使いだ。それより、鹿屋飛行場への空襲が心配だ。鹿屋は、特攻機の出撃基地だ。気をつけろよ。魚雷攻撃も怖いけどグラマンの機銃掃射もこわいど」

鹿児島・桜島の南に位置する鹿屋飛行場は、アメリカ空軍にとって攻撃しなければならない特別の理由があった。昭和十六（一九四一）年の真珠湾攻撃の直前、この鹿屋飛行場で秘密裏に戦闘機による魚雷投下訓練が行われていた。それは真珠湾奇襲攻撃のための訓練だった。真珠湾に停泊中のアメリカ重要艦船の攻撃は、魚雷攻撃が中心だった。

真珠湾は水深が浅く、高い位置から魚雷を投下すると、魚雷が海底まで達してしまうため超低空飛行で魚雷を投下しなければならなかった。その低空飛行での魚雷投下訓練が、鹿屋周辺の錦江湾で繰り返し繰り返し行われていた。

そして魚雷投下訓練の成果を見て、これでいけると、山本五十六連合艦隊司令長官が真珠湾攻撃を決定したのだった。そして昭和十六（一九四一）年十二月八日の真珠湾攻撃において戦艦アリゾナなどを撃沈、日本に大勝利をもたらせた。

しかし、それから数年の間に戦況は悪化の一途をたどり、敗色が濃くなる中で、大本営は捨て身の戦術として神風特攻隊を編成した。鹿屋飛行場からも特攻機が沖縄の海を目指して次々と出撃していた。そんな特攻機の出撃基地である鹿屋空爆はアメリカにとって復讐のための最大攻撃目標であった。

謙吾に別れを告げて、千蔵は港から北へ伸びる半島の山道を歩き始めた。牛車がやっと通れるほどの細い道だった。道の両脇にはスイセンの小さな白い花が咲き乱れていた。奄美ではあまり多くない水田が続いていたが、田の神を祭った石仏の穏やかな表情が、戦争を忘れさせてくれた。

畑には、サツマイモ、キャベツにかぼちゃと農業の盛んな土地柄らしさを見せていた。これといった産業もない大隅半島の唯一の産業は農業しかない。早春の田んぼにオタマジャクシも泳いでいる。沖縄戦がまるで他所事のような空気しか漂っていない。しばらく歩くと二、三軒ほどの民家が並ぶ盆地に出てきた。突き当りの平地で、小道が二本に分かれていた。鹿屋までの道を尋ねようと、近くの藁《わら》葺きの家で千蔵が声をかけた。

「おはようございます。誰かいますか。ちょっと道を尋ねたいのですが」

静まりかえっている。千蔵が大声で呼びかけた。

「おはようございまーす」

家の中からは何の反応もなかった。千蔵はさらに大声で呼びかけた。

「おはようございます」「おはようございます」

千蔵が、家の裏側に回ろうとした時、うしろから老人が声をかけてきた。

「どちらさんですか」

千蔵は手に大きめの黒い鞄を持っていたが、どう見ても近所の人に見えない。老人は黒い大きな牛を引いていたが、黒い鞄のせいか、牛もソワソワして落ち着かない様子だった。千蔵は、まだ乾ききっていない濡れたままの背広姿で、いかにも怪しい感じだった。

「あっ、こちらの家の方ですか。実は私、鹿屋に歩いて行こうとしとるんですが、あそこの角はどっちへ行ったらいいんでしょうか」

「どっちへ行っても鹿屋にしか行けないよ。ここは半島の端じゃけん。南は海しかない。北に行くしかない。北に北に進んで行けば、どの道を行っても鹿屋だけど、遠いよ。歩いてまる一日はかかるよ。ところであんたさんは、どこから来たんかいね」

「奄美です。奄美大島です。名瀬から来ました奥千蔵と申します」

「えっ、奄美大島から来たんか」

老人が驚いた顔をして大声を出した。牛もつられて少し後ずさりした。奄美にも牛はいるが、奄美の牛より小さくて弱々しい目をしている。

「あんた奄美から、本当に来たんかいな。どうやって来たんかいね」

「焼玉ポンポン船できました。吐噶喇の島伝いに十日もかかりました」

「よう来たね、こんな時に。アメリカの軍艦や潜水艦がうようよいただろう。よう攻撃されんかったな」

「途中、悪石島付近でアメリカの艦船は見えたんですが、攻撃はありませんでした」

「そうかね、そうかね。よう生きて来れたもんよね。あんた、疲れてるだろう。うちでちょっと一休みしなさい。腹もへっとるじゃろう、よかったら一晩休んで明日の朝に出たらええがな」

「はい。ありがとうございます。でも少しでも早く鹿屋に行きたいんです」

千蔵は老人の案内で家の中に入っていった。表札には「児玉」と書かれていた。大テーブルのある居間に通されると、鴨居に掛けてある大きな写真が目に入った。軍服姿の若者の写真だった。千蔵が写真に目を向けているのを見て。

「あれはうちの次男ばい。児玉勝二といいますが、海軍士官学校卒業後、鹿屋航空隊に入隊しとったんじゃが、沖縄が緊迫し始めた半年前から連絡がないんじゃ。噂では鹿屋では近く特別作戦機が出撃すると聞いているけど、倅も忙しいんじゃろう」

「ところで、児玉さん、玄関先に置いてある自転車ですが、児玉さんの自転車ですか」

「あれは次男の勝二の自転車だけど、もう一年近く誰も乗ってはおらんよ」

「しっかりした自転車で、もったいないですね。もし宜しければ私に譲ってもらえませんか。私はここに奄美から持ってきた黒糖があります。それと交換してもらえませんか」

千蔵は親戚から集めた金二千円と一斤の黒糖袋を二袋鞄に押し込んでいた。砂糖は戦時下の本土でなかなか手に入らない貴重品だった。砂糖一斤六百グラムは奄美では三十円ほどだが内地ではその十倍にもなった。昭和二十（一九四五）年の日本では、砂糖はほとんど手に入らない状況だった。次男は当分帰ってくることもなく、置いていても錆付いてしまうだけかもしれない。それより甘いものなど一年以上も口にしていないことを考えると、自転車より砂糖の方に気持ちが傾いたのだった。

「いいよ。自転車と砂糖を交換しましょう。あなたがそれで構わないのなら」

千蔵の不安そうな表情が一瞬にして変わった。千蔵が自転車を引き寄せ、庭の中を少し押し進んでみた。タイヤの空気が少なめだが、ペダルやハンドルはスムーズに動く。千蔵はサドルにまたがり庭の中を試しに走ってみた。もともと奄美でも自転車を乗り回していた千蔵だから、自転車も息を吹き返すように進んだ。

「やあ、児玉さん、ありがとうございます。これで鹿屋までがグーンと近くなります。

昼すぎには鹿屋市内に入れるかもしれません」

　千蔵は鞄を荷台にくくりつけ、児玉家に別れを告げ鹿屋を目指した。奄美で乗っていた自転車より軽快に走れた。春になったばかりの大隅半島だが、上り坂になると汗ばんでくる。小高い峠を越せば、指宿方向に開聞岳が見えた。そこからは緩やかな下り坂で、周囲の景色に目をやる余裕も出てきた。菜の花の黄色い小さな花が咲き乱れている。アマミセイシカも白い花をつけている。小川にはたくさんのメダカが泳いでいた。

　二時間ほど山間を走ったあと、錦江湾の海岸沿いの道に出た瞬間、突然、雷が鳴ったのかと思うほどの轟音とともに戦闘機が低空飛行してきた。海面すれすれに飛行していた三機が北へ向かって急上昇した。千蔵は自転車を止め、ハンドルを強く握りしめたまま、不安な気持ちで戦闘機を見ていた。はっきりとは確認できなかったが、日本軍の日の丸戦闘機ではなく、銀翼のアメリカ軍の戦闘機のようだ。サイパン、テニアン島の日本軍玉砕で、アメリカの最後の狙いは沖縄上陸と、本土空襲だった。九州最大の特攻基地でもある鹿屋航空基地への攻撃準備は着々と進められていた。

　急がなければならない。鹿屋への空襲が始まってしまえば、加奈の収容されている星塚敬愛園も爆撃を受けるに違いない。星塚敬愛園は、鹿屋空軍基地のすぐ北に位置する。

アメリカ空軍にそこが戦争とは関係ないハンセン病療養所ということが分かるはずがない。しばらくして偵察を終えたアメリカ軍機が、南に向かって去って行った。

星塚敬愛園の加奈とキク

西加奈が星塚敬愛園に収容されたのは昭和十六（一九四一）年二月で、もう丸四年近くになる。一年ほど前からは園内でも防空訓練が頻繁に行われていた。当時、敬愛園には千人ほどの患者が入所していたが、自分の力で歩けない患者もいた。視力を完全に失っている患者もいた。そうした重症者をどう避難させるかが、問題だった。また近くの小高い丘には、患者たちの作業で防空壕も掘られていた。小さい丘の中には、まるでモグラの巣のような穴が何カ所も掘られ、すべての患者が避難できるほどになっていた。

園に入った当時の加奈は、軽症者ばかりの女性寮に入っていた。部屋には沖縄出身の学生や徳之島出身の若い主婦もいた。部屋の中で、加奈が一番気やすく話ができたのは福岡県の筑豊からきた「麻木キク」という二十七歳の女性だった。大柄の女性だが、顔は二十七歳にしては、少女のような幼い感じでもあった。筑豊の女性らしく明るく逞しい感じでもあった。

彼女は、筑豊炭鉱の集中する田川市生まれで、若い炭鉱関係者と結婚し、間もなく身ごもった。新しい命の誕生を楽しみにしていた。しかし、二十五歳の時にハンセン病を発病し夫に離縁され、強制収容の特別列車で敬愛園に送られてきたのだった。出産は初めてで、入園当初は子どもを産むつもりだったが、療養所はハンセン病患者の出産を認めなかった。新生児への胎内感染の恐れがあるとの判断で施設内での出産を認めていなかったのだ。それでも産みたいなら施設から逃げ出し、こっそりと産むしかなかった。

キクにその決断力はなかった。看護婦（師）長に説得され、泣きながら堕胎手術を受けたのだった。この話を加奈はキクから直接聞いたわけではなく、他の入所者から聞いていた。悲しみを押し殺して強く生きようとしているキクに、同情の気持ちが湧いてきたのだった。奄美で千蔵と結婚の約束をしていた加奈にとっても他人事ではなかった。加奈も愛する奥千蔵の子どもを産みたいと考えたこともあったが、キクと同じ道を歩まねばならないのかと、底知れぬ悲しみに包まれるのだった。

洗濯場でガーゼをたたんでいたキクが加奈に話しかけてきた。

「加奈さん。この鹿屋も、間もなく空襲されるかもしれないよ。今日もアメリカの偵察機が低空飛行していたらしいよ」

加奈とキクは療養所で使用する洗ったばかりの包帯をきれいに伸ばしていた。皮膚疾患の多いハンセン病の患者たちにとって、包帯やガーゼは欠かせないものだった。物資の極端に少ない戦時中、施設で使用する包帯やガーゼは、何度も洗って使わなくてはならなかった。二人の間には、洗ったばかりの包帯やガーゼが山のように積まれていた。忙しく動いていた加奈の手が止まり戦況の話になった。

「アメリカの戦艦が次々と沖縄に向かっているらしい。沖縄がアメリカに占領されたらどうなるのかな。私の家がある奄美だって占領されるかも」

キクも深刻な表情で加奈に話しかけた。

「私、昨日、園の高台から飛行場を見ていたんだけど、二十機ほどの戦闘機が飛び立って行ったわ。大勢の兵隊さんが帽子や両手を思いっきり振って見送っていたから多分あの戦闘機は体当たりの特別攻撃機で、沖縄方面に向かって行ったんでしょうね」

加奈は、知らない間に戦争のど真ん中にきてしまったと感じた。

「特攻基地になっている鹿屋飛行場だから、アメリカ軍は必ず攻撃してくるね」

星塚敬愛園から滑走路までは直線距離で三キロしかない。上空から急降下してくる敵機に療養所ということが分かるはずがない。おそらく海軍の兵舎か倉庫にしか見えないだろう。差し迫る鹿屋空襲を心配していたのは、加奈とキクだけではなかった、患者や看護婦、医師、敬愛園のすべての人々が空襲への不安を募らせていた。

昭和二十（一九四五）年三月十日早朝、いきなり爆音が聞こえてキクは目が覚めた。キクは隣に寝ていた加奈を強く揺さぶった。

「加奈さん。空襲よ。早く逃げましょう」

戦闘機が急降下する轟音が響いてきた。激しい音だが機銃掃射はしていない。十機ほどの戦闘機が、急降下と急上昇を繰り返しながら爆弾を投下している。加奈は枕元のモンぺと上着を掴んで立ち上がった。

「キクさん裏の防空壕へ急ごう。戦闘機の機銃掃射が始まったら逃げれんよ。さあ、急いで」

二人は転がるように部屋の外に出て、防空壕を目指して必死で走った。時間は午前六時過ぎ、早春の夜明けはやや早くなっていたが、爆弾の炸裂光が見える。鹿屋飛行場あたりから対空砲火が始まった。真っ赤に焼けた弾丸が薄暗い夜明け前の空に弧を描いていた。数カ所から戦闘機に向け弾丸が放たれていたが、戦闘機をかすめもしない。

二人は、一番近い蛸壺《たこつぼ》豪に飛び込んだ。戦闘機から発射された機銃の弾丸が病棟の屋根にブスブスっと命中し瓦が砕け飛び散っていた。

「キクさん。大丈夫。ケガしてない？」

「大丈夫よ。加奈さんは大丈夫」

「さっき転んだとき膝を擦りむいたみたいだけど、大丈夫よ」

蛸壺にはすでに二人が隠れていた。五十歳くらいの目の不自由な患者と看護婦だった。黒い眼鏡《めがね》の患者は、看護婦の両腕を力の限り掴んで震えていた。看護婦が患者を抱きしめて励ましていた。

「大丈夫。ここは深い穴の中だから弾に当たることはないわ。もう少しの辛抱よ」

「今まで聞いたこともない大きな音だったね。俺はもう死ぬのかと思ったよ」

「大丈夫ですよ。でもこれからはしっかり避難訓練しておかないと、アメリカの戦闘機がもっとたくさん来るかもしれないからね」

「看護婦さん。日本の戦闘機はどうしとるのかね」

「一機飛び立ったみたいだけど、敵は十機もいたので、すぐ撃ち落とされたみたい」

アメリカの戦闘機は日向灘に停泊していた航空母艦から飛び立った艦載機で、アメリカの誇るグラマン戦闘機が主力だった。今回の攻撃は、本格的な空襲のための、試し撃ちに過ぎなかった。すでに日向灘には航空母艦が次々と集まり、本土空襲に備えていたのだった。

特攻基地の鹿屋からはほぼ毎日特攻機が飛び立っていた。南九州には鹿屋以外にも指宿の知覧飛行場など、海軍と陸軍を合わせて十数カ所の特攻基地があったが、もっとも多くの若者が飛び立ったのが鹿屋海軍航空基地だった。制空権を握ったアメリカ軍の最大の攻撃目標は、まさしく鹿屋飛行場だった。

沖縄戦も日本軍にとって厳しい戦況となっていた。沖縄陥落は時間の問題で、アメリカ軍は九州・志布志湾から上陸するのではないかと囁かれていた。敵機は一時間ほど鹿屋上空を旋回して、間もなく南の方に去っていった。空襲警報も、間もなく解かれたのだった。

一方、自転車で鹿屋を目指していた千蔵もこの頃、鹿屋の南十キロほどの海岸の崖のくぼみに身を潜めていた。十機ほどのグラマンが南へ消えていくのを見届けたあと、千蔵は、再び海岸沿いの道を走り始めた。

その日の夕暮れになって、千蔵は鹿屋の町に到着した。目の前には「水泉閣」と書かれた大きな料亭がある。その「水泉閣」に大勢の海軍の士官らしき若者が入って行った。料亭の中から大きな声が聞こえてくる。航空隊員の特別な宴会なのだろうか。千蔵にとっては、どうでもいいことで、加奈の消息だけが気になっていた。町の中は海軍の制服を着た凛々しい若者が多くいた。千蔵は加奈のいる敬愛園の近くに宿を取りたいと考えていた。千蔵は疲れた体で懸命に宿を探した。鹿屋海軍航空基地所属の士官や整備士など、当時の鹿屋には五千人近くの軍関係者がいて、その家族らが度々面会に訪れていた。そのため町の中には多くの旅館や簡易宿泊所が並んでいた。

千蔵はその中の一軒「南洲屋」に泊まることにした。南洲といえば西郷隆盛だが、西郷は明治政府と激しく対立した後、鹿児島に戻っていた。その当時、西郷はこの鹿屋に年に数回来ては、鹿屋の真ん中を流れる高須川沿いの田中吉右衛門の屋敷を訪れていた。鹿屋にいるときは猟犬を何頭も連れ狩りに出かけていたという話も伝わっている。西郷は若い頃、奄美大島に蟄居させられ、その時の恋人の名前は「愛加那」だった。奄美生まれの千蔵も子どもの頃から西郷にあこがれていたので、それほど立派な宿でもない南洲屋にしばらく投宿することにした。千蔵は自転車を宿の前に立てかけ、立派な構えの玄関口から中に入った。

「こんばんは。こんばんは。どなたかいらっしゃいますか」

奥から女将らしき中年の女性が出てきた。どこか上品な雰囲気を漂わせていた。憔悴しきった千蔵の全身を不思議そうな目で見つめていた。

「大層、お疲れのようですね。どこからお越しになりましたか」

「奄美です。私は、奥千蔵と申します」

千蔵ははじめ嘘でごまかそうとしたが、南洲屋という屋号に親しみを持ち、なぜか本当のことを告げた方がいいだろうと考えた。もし一つ嘘をつけば、次の質問で、また嘘をつくことになってしまう。千蔵はこの南洲屋では、全て本当のことを言おうと決めていた。直感的にこの女将には真実を話した方がよいと考えた。西加奈のことも、ハンセン病のことも、敬愛園のことも全て話そうと決心した。自分は何も悪いことをしていない。ただ結婚を約束した加奈に、一目でも会いたいと思っていたからだった。

「えっ。奄美って、あの奄美大島からやってきたんですか」

「そうです。奄美から小船で、吐噶喇列島伝いにやってきました。昨日、佐多岬の島泊港について、そこから自転車でやってきました」

「へー、よくぞ無事に来られましたね。島泊からね。それはそれは大変でしたね。なんか特別な事情でもあるんでしょうが、私はこれ以上何も聞きません。ゆっくり休んでください。すぐ食事の用意をしますから。風呂にでも入って疲れを癒やしてください」

奄美を出て、風呂に入るのは十日ぶりだった。東シナ海で冷たい大波を何度もかぶった体に、熱い湯がしみ込んできた。湯船の中に身を沈めて千蔵は静かに目を閉じた。目を閉じると加奈の笑顔が見えてきた。千蔵は「加奈」と小さく声に出して、頭から熱い湯を何度もかけた。

　風呂から上がると居間のテーブルに食事が並べられていた。久しぶりの食事だ。女将が申し訳なさそうな表情で麦飯を丼に盛っていた。

「すみませんね。こんな物しかなくて。このところ店に行っても何もないんですよ。今朝は、鹿屋で空襲があって、買い物もできなかったんですよ」

　食卓の上には、麦飯とみそ汁、そして鰯の干物が並べられていた。一番のごちそうは卵焼きだった。焼き上がったばかりで、湯気が立っていた。千蔵はまず卵焼きに箸を伸ばした。みそ汁、麦飯を一気にかきこみ、鰯も頭から丸ごとかぶりついた。横で女将が千蔵の食べっぷりを、笑みを浮かべながら見つめている。食べ終わり、一息ついて千蔵がしゃべり始めた。

「ありがとうございます。ようやく落ち着きました。今日は一日中自転車を漕いでいましたから。これでぐっすりと眠れます。本当にありがとうございました」

　千蔵は、脇に置いていた鞄の中から紙袋を取り出し女将に差し出した。

「これは奄美の黒糖です。一斤あります。わたしからの気持ちです。お受け取りください」

「えっ。こんな貴重品を頂いてもよろしいのですか。砂糖なんて、ここ暫く見てないですわ。砂糖の味も忘れてしまいそうでした。こんな時にこんなにたくさんの砂糖を本当にありがとうございます」

農作物の多い温暖な大隅半島だが、海軍航空隊の町・鹿屋でも戦況の悪化と共に食糧不足は、日々深刻になっていた。ぜいたく品でもある砂糖は市場から完全に消えていた。すべての食料品は軍部に優先的に回され、庶民に配給されるものは僅かだった。食料品がないわけではなかった。全ては軍部のための調達品となっていたのだった。

「ところで奥千蔵さんといわれましたよね。この鹿屋は今、九州で一番危険な町ですよ。鹿屋は海軍の特攻基地で、毎日のように若者が死を覚悟して出撃しています。アメリカ軍はこの鹿屋を必ず攻撃してくると、町の人たちは怯えています。今朝飛んできたアメリカの戦闘機は偵察にきたんですよ」

「そうですか。沖縄も大変なことになっていますから、いずれ私の生まれ故郷の奄美も攻撃されるでしょう」

「そんな非常事態に、よく鹿屋に来ましたね。逆に鹿屋から疎開する人がいるのに」

胡坐《あぐら》をかいていた千蔵が座り直して正座し、押し殺した声でしゃべり始めた。

「本当のことを言います。実は私には結婚を約束した女性がいます。西加奈といいます。

不幸にもその彼女がハンセン病に罹って、こちらの星塚敬愛園に収容されました。彼女は奄美大島の大熊に住んでいました。私も大熊の出身です。

彼女が収容されたあと、彼女の住んでいた家は、消毒剤で真っ白になっていました。その頃、私は加計呂麻島に動員されていたので、彼女に会うこともできませんでした。彼女は名瀬から船に乗って、鹿屋まで来ました。それから今日まで、私は一度も彼女に会うことができなかったのです。

でも一度結婚を約束した彼女に、五分でも十分でも会いたい。会って結婚の意思は変わっていないと告げたかったのです」

千蔵は何も隠さず一気に、すべてを明かした。

「そうだったの。あなた、よく本当のことを話してくれましたね。鹿屋でも星塚敬愛園建設では反対の声もあったのよ。

実は私の主人は軍医でして、今はビルマ（現ミャンマー）に出征していますが、星塚敬愛園ができる時、あれは昭和十（一九三五）年だったと思いますが、一度、ハンセン病の話を詳しく話してくれたんです。

主人の話では、日本はハンセン病のことを大げさに考えすぎだと言っていました。主人は九州帝国大学医学部で細菌研究をやっていましたから、ハンセン病についても知っていました。今はビルマで破傷風やマラリアと戦っているみたいです」

「そうですか。いい話を聞かせてもらいました。ところで女将さんは鹿屋のご出身ですか」

「そうです。私は田中という旧家の出です。あの西郷さんは何度も鹿屋にきていますが、鹿屋では必ず田中の家に滞在していました。もちろん私は西郷さんに会ったこともありません。私の祖父は子どもの頃、見たと言っていました。その祖父が旅館を始める時、屋号を南洲屋にしたんだそうです。床の間の『敬天愛人』の揮毫《きごう》は西郷隆盛の直筆と聞いています」

昭和十（一九三五）年、鹿屋にできたハンセン病療養施設「敬愛園」は西郷の座右の銘「敬天愛人」からの引用だった。天を畏れ敬い、人を愛しむという西郷隆盛の心が星塚敬愛園に繫がっていた。加奈を必死で探している時、千蔵の目に飛び込んだ南洲屋という看板。偶然かもしれないが千蔵は何かが繫がっていると思え、うれしくなってきた。

女将が話を続けた。

「だから私はあなたの話を素直に聞くことができます。三年ほど前に、やはり貴方のように星塚敬愛園の入所者に会うためにここに宿泊した方がいらっしゃいました。しかし、その方はハンセン病のことは一言も言われませんでした。病気への偏見を心配したんだと思います。

しかし、あなたは全て話してくれました。聞いたからには私は、何でも協力します。その加奈さんに、早く会えるといいですね」

何の当ても保証もないのに、奄美を飛び出してきた千蔵だったが、何か望みの道が一本見えたような気がした。千蔵は南洲屋を起点にして、毎日星塚敬愛園周辺に出かけていた。加奈がいるかもしれないと期待して、敬愛園の建物の周辺にも近づいた。

加奈は外出したりしないのだろうか、園の門から覗き込んでみるのだが白衣の医師や看護婦が見えるだけで、患者の姿はまったく見えなかった。敬愛園の北側の小高い丘にはたくさんの防空壕が掘られていた。空襲になれば加奈も避難してくるに違いない。千蔵は空襲の日を待った。

鹿屋の空襲と再会

昭和二十（一九四五）年三月十八日未明、鹿屋は敵機三百機による大空襲に見舞われた。この大空襲を待ちに待っていたのは、アメリカ空軍と、奥千蔵だった。午前五時過

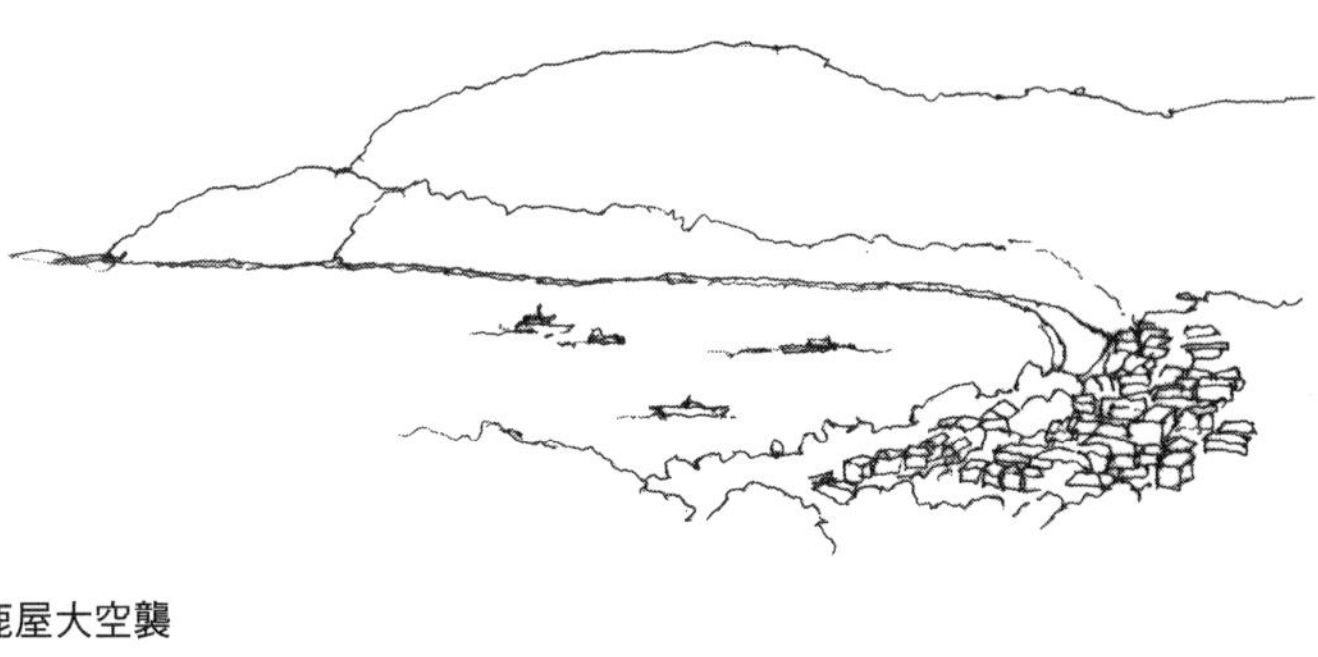

鹿屋大空襲

ぎ、南洲屋の二階に寝ていた千蔵は、けたたましい爆撃音で目覚めた。窓を開けると鹿屋海軍航空基地のサーチライトが何本も忙しく動き回っている。高射砲の弾道が何本もはっきりと見える。飛行場やその周辺で真っ赤な炎も立ち上がっている。

千蔵は急いで着替えると階段を転がるように一階の玄関まで走った。寝巻姿の女将が表情をこわばらせ不安そうに千蔵に何か言おうとしているが、言葉が出てこない。千蔵は自転車に飛び乗り、敬愛園方向を目指した。

「加奈。死ぬなよ。今、助けに行きゃんからよ」

千蔵は何か意味不明な言葉を叫んでいる。自転車の進む方向とは逆方向に大勢の人が逃げてくる。男が大声で千蔵を呼び止めた。

「あんた、反対だ。逃げるのはあっちだ。飛行場と敬愛園は火の海だよ」

しばらく走ると爆弾の音が大きくなってきた。千蔵は、本当に死ぬかもしれないと思ったが、加奈に会いたい気持ちの方が強かった。自転車のペダルにさらに力を入れた。千蔵が空襲をまともに受けたのはこの時が初めてだった。空襲という言葉は知っていたが、こんなに凄まじいものとは知らなかった。

夜が明けかけてきた。グラマン戦闘機の機影がはっきり見え始めた。何十機ものグラマン戦闘機が急降下を繰り返している。日本の戦闘機を覆い隠している掩体壕《えんたいごう》を集中的に攻撃していた。そのうちのグラマン機一機が千蔵の自転車の方向に急降下してきた。まさか自転車まで襲わないだろうと思った瞬間、機銃掃射がさく裂した。弾丸は自転車から五メートルほど離れた田んぼにブスブスと突き刺さっていた。その瞬間、千蔵は自転車を放り投げ道路わきの茂みに飛び込んだ。自転車はグラマンの標的になると考えた千蔵は、自転車を諦め、用水や茂み伝いに敬愛園を目指した。

一時間ほどして防空壕のある敬愛園裏の丘にたどり着いた。防空壕の中には大勢の患者や看護婦らしき人々が体を寄せ合っていた。どの顔も恐怖で引きつっていた。壕の外では血まみれの負傷者が次々と運ばれている。負傷者を運んでいた看護婦に千蔵が声をかけた。

「乙女寮の西加奈さんを探しています。どこに避難しているか教えてください」

千蔵は一度だけ実家に送られてきた加奈の手紙から、宿舎の名称を知っていた。青葉寮が男性独身者、乙女寮は女学生や独身女性が入居していた。看護婦は応急処置に必死で、千蔵の声など耳に入らなかった。千蔵は、右往左往している職員らしき人物に声をかけた。

「すみません。奄美出身で乙女寮の西加奈さんを知りませんか」

何人に声をかけただろうか。十人、いや二十人。しかし、全員それどころではなかった。まともな反応はなかった。そのうち空襲は終わり、すべてのアメリカの戦闘機が帰艦し始めた。鹿屋のあちらこちらで黒煙が上がっている。防空壕の中から、次々と人が這い出してきた。五百人以上の人の群れだが、全員恐怖で目が吊り上がっていた。その時まで、興奮で気づかなかったが、グラマンに機銃掃射され田んぼに飛び込んだ時、石か何かに打ちつけたのか、千蔵の右膝がぱっくりと割れて血が流れていた。ズボンが血まみれになっている。何かで縛らないと血が止まりそうにない。その時、一人の若い看護婦が駆け寄ってきた。手に持っていた応急箱から真っ白い包帯を出してしっかりと巻いてくれた。包帯を巻いてもらい、真新しい包帯に血が滲み出すのを見て、千蔵は初めて痛みを感じ始めた。

「ありがとうございます。助かりました。自転車でこっちへくる途中に、グラマンの機銃掃射にやられまして、被弾しなかったんですが、草むらに飛び込んだときに石か何かで打ったのでしょう」

「そうですか。自転車も危ないですよ。アメリカの戦闘機は、動くものは何でも撃ってきますから。気を付けてくださいよ」

千蔵が親切な看護婦に加奈のことを聞こうとした、その時。急に患者らしい若い女性が声をかけてきた。声が震えている。

「もしかして、奄美の千蔵さん。嘘だ。千蔵さん。どうして。千蔵さん……。千蔵さんが何でここにいるの……」

加奈は何が起きたか分からなかった。昭和十六（一九四一）年の冬、奄美大島の大熊を出て四年になる。この四年は千蔵に一度も会うことができなかった。加奈はもう死ぬまで千蔵には会えないのではと何度も思っていた。その千蔵が、こんな大空襲の日に、自分の目の前にいる。加奈は夢だと思った。夢というより激しい空襲で頭が錯乱しているのかもしれないとも思った。鹿屋から奄美大島までは三百キロ以上離れている。それに東シナ海はアメリカに制海権を握られ、こんなところへ来ることができるはずがない。

加奈は瞬きを何度もして、しっかりと千蔵を見つめた。

「千蔵さんだ。千蔵さんの眼、千蔵さんの髪、四年前とおんなじだ。千蔵さんが奄美から鹿屋に来たんだ」

千蔵は加奈の両肩を力の限り掴んでいた。そして大声で加奈の名を呼び続けた。

「加奈さん。生きとったんだね。良かった。良かった。四年前とちっとも変わっとらんね」

加奈は泣きそうになっていた。両手を口に当て、大声を押し込んだまま、じっと千蔵を見つめた。

「私、敬愛園に入所した頃は、こっそり一人で泣いていました。天を恨み、自殺を考えたこともありました。もう千蔵さんには、会えないと思っていました。しかし、一年ほど経った頃、部屋のキクさんという年上の相談相手ができて、少しずつ気持ちが落ち着いてきたんです」

加奈は横にいたキクを見ながら続けた。

「千蔵さんと知り合った頃、私は高等女学校生で、十六歳でした。あれから六年、もう二十二歳になってしまいました。この間に戦争も、どんどん激しくなりました。千蔵さんは、戦争で死んだかもしれないと、貴方《なんぬ》の写真を見ながら何度も思い詰めていました。その千蔵さんが目の前にいる。生きていてよかったです」

夢のような再会に感激した千蔵は、はじめは胸が詰まって話すこともできなかった。しかし、しばらくたって、ぽつりぽつりと心境を語り始めた。

「加奈さんがいなくなって、加計呂麻にしばらくいたんだが、沖縄にアメリカ軍が上陸し、奄美の誰もが次は奄美だと言い出してたっちょ。戦況は一向に好転せず、このままだと、日本はなくなってしまうのではと悲観していた。

でも戦争で殺されてしまう前に、加奈さんにもう一度会いたいと考えてた。いろいろ加奈さんの消息を調べていました。ある日、名瀬の有屋地区にできたばかりのハンセン病の和光園に行き、加奈さんの消息を尋ねたら、加奈さんは鹿屋の敬愛園で元気にしているると言われたっちょ。それからは、ずーっと鹿屋行きを考えてたわけよ」

千蔵は当時、昭和十八（一九四三）年に開園したばかりの奄美和光園を毎日のように訪れていた。加奈の消息を確かめるためと、ハンセン病についてもっと知りたいと思ったからだった。当時、入所者は十九人しかおらず、千蔵は当時の松田初代園長などから教わり、ハンセン病についてさまざまな知識を身につけた。

そこで聞かされたのは、ハンセン病患者の強制隔離政策について賛否両論があるということだった。当時、ハンセン病医学会で激しく論議されていたのだった。救らいの父とも呼ばれた光田健輔をはじめとする強制隔離推進派は多数派で、日本の「癩予防法」など厚生政策に大きな影響を与えていた。これに対し京都帝国大学医学部の小笠原登医師ら少数派は、強制隔離までは必要ないと、強く反論していたのだった。

小笠原登医師は、科学的根拠がないままの強制隔離は患者を不幸にするだけだと力説し続けていたのだった。しかし、少数派の小笠原医師は学会で孤立し、最後は奄美和光園に転任させられたのだった。小笠原は奄美へ赴任後も、強制隔離に反対の声を上げ続けていた。らい菌を発見したノルウェーの医師・ハンセン自身も、療養施設への入所は国家による強制ではなく、患者本人が決めるべきだと主張していた。日本のハンセン病政策の行き過ぎは、国際的にも非難されていたのだった。

　恋人を強制隔離された千蔵にしてみれば、救いの神に出会ったような考え方だった。小笠原医師は京都帝国大学医学部でも、自宅療養の患者を通院させ治療したのだった。そんなに簡単に伝染しない病気なら強制隔離は必要ない。そう確信した千蔵は加奈を鹿屋の施設から逃亡させようという大胆な行動を計画し始めたのだった。


　千蔵は四年ぶりに出会った加奈の手を握ったまま、さらに力を込めた。周りを見渡し小声でささやいた。

「加奈さん。今すぐにひんぎろう《逃げよう》。こんなところに、いつまでも閉じ込められることはないよ」

　敬愛園を逃げ出すという強い言葉に加奈は動揺した。

「だって無断外出すれば懲罰監房に入れられるよ」

「大丈夫だよ。逃げ出して、遠くの町で名前を変えて暮らせばいいっちょ。絶対に見つからんよ」

「病気が、他の人に伝染《うつ》ったらどうするの」

千蔵は奄美和光園で聞いた話を思い出しながら加奈を熱心に説得しようとした。

「この病気はそんなに簡単に伝染らない。菌を培養してワクチンを作ろうとしても、菌が弱くて培養できんのだから。結核菌は比較的弱い菌ちいわれているけど、ハンセン菌はこの結核菌より弱いんよ」

二人の話し合いをキクは押し黙って聞いていたが、急に口をはさんできた。

「逃げて。ここにいたら、あんたの子どもも殺されるよ。二人で逃げて元気な赤ちゃんをつくりなさいよ。私みたいにならないで」

千蔵と加奈はキクの説得に驚いた様子だった。しかし、加奈は、確かにここにいる限り母親にはなれないと思った。キクが続けた。

「逃げなさい。筑豊へ行きなさい。炭鉱は相変わらず増産増産で人手が足りないみたいだし、流れ者や理由《わけ》あり者が多いから、あなた方が行っても誰も気に留めやしないわよ。筑豊には大きいのや小さいの入れると、炭鉱が二百以上あるのよ。もし田川に行くなら、炭鉱をやっている私の叔父に頼んであげる。私もこんなところ、逃げ出したいけど、病気のことで社会からいじめられるのは厭《いや》だし、もうここで一生を終わらせるわ。夢も希望も別にないし」

加奈は敬愛園から逃げ出すという大胆さに戸惑っていたのだった。結局、その場の立ち話では結論が出ず。二日後南洲屋で再会することにした。

　宿の女将は密告するような人物ではないし、逆に力を貸してくれるかもしれない気がしていた。もし田川に行くなら日豊本線の列車に乗るしかない。奄美大島出身の千蔵も加奈も、列車を見たこともなければ乗ったこともない。切符はいくらぐらいか、どうやって買うのかも分からない。やはり女将の力が必要だった。

　二日後、加奈とキクは三時間の外出許可証を持って南洲屋にやってきた。荷物を持っていると怪しまれるので、加奈は普段着で何も持たずにやって来た。キクは田川の叔父宛ての手紙の入った封筒と、手書きの地図のような紙切れを持っていた。キクが、少し早口で説明を始めた。

「この宛名の麻木虎次郎という人は、私の叔父です。年は五十六歳です。小さいですが炭鉱を三つ持っています。全て田川にあります。これが田川の地図です。田川伊田駅に着いたら駅前の道を南にまっすぐ行きます。十分ほど歩くと二階建ての郵便局が右手に見えます。その郵便局の裏手の大きな屋敷が麻木家です。そこへ叔父宛ての手紙を持って訪ねてください」

　もちろん千蔵に炭鉱夫の経験はないが、力仕事は苦手ではない。どんな炭鉱で、どんな仕事をするのか分からなかったが、加奈と生活できるという喜びにすべての不安が消えてしまっていた。千蔵が加奈に優しく声をかけた。

「加奈さん。覚悟はできたんかな。一緒にひんぎろう。逃亡《げよう》。筑豊で新しい生活をしようや」

「千蔵さん。私、決心しました。千蔵さんと筑豊で新しい生活を始めます。ただ私が逃亡したことが園に分かったら、協力者のキクさんが特別監房に収監されるよ」

キクが素早く割って入った。

「何を言ってるの。私のことなど心配しないで。監房だろうが何だろうが、園が私を懲らしめても殺される訳でもないし。それと私はもうあそこで一生を過ごす覚悟だから殺されたようなもんよ。それよりあなたが幸せになってくれればそれで私は満足よ。私の分まで幸せになってよ。善は急げ。少しでも早くこの鹿屋を離れなさいな」

横で三人の会話を聞いていた女将が二人をせかした。

「話が決まったら、私が列車の段取りをしますよ。鹿屋駅から田川までの切符は私が二枚用意します。私からの餞別だと思ってください」

「そんな、女将さん。申し訳ないです。私も切符を買うお金を持ってますから」

「いいのよ。お金はこれから筑豊で、いろいろ必要になってくるから大切にしなさいよ」

加奈が財布から何枚もの敬愛園の園内通貨を出した。ハンセン病の療養施設はどこでも園内紙幣や園内通貨しか使えない規則になっていた。それは現金を持っていれば逃亡する恐れがあるということと、ハンセン病が紙幣や通貨を通して感染する可能性があるというのが園側の考えだった。しかし、それは医学的に立証されたわけではなく、ただ絶対的な規則として患者たちは従わざるを得なかった。加奈は紙切れに簡単にプリントされた園内用の金券の束を握りしめていた。

「園内作業で四年間貯めたお金が七十円ほどあるけど、園内通貨は私にはもう必要ないからキクさんに渡すわ」

「そうね、こんな園内通貨を加奈さんが持ったままだと縁起でもないわね。二度と園に帰って来ないようにと、願いを込めて私が大切に使い切りますよ。こんなにたくさんありがとうね」

女将が、鋭い目でまくし立てた。

「アメリカ相手の戦争も、特攻隊もそうだけど大体国のやることは、いつもおかしいのよ。ハンセン病だって、今の強制隔離は患者のためというより、国体維持、富国強兵のためでしかないのよ。敬天愛人。国より国民を大事にしてきた西郷さんは正しかったのよ……。

あらっ。話が飛びすぎたわね。それより大事なのは、あなた方二人の筑豊行きのことよね。急げ。急げ。鹿屋駅からのちょうどいい列車があれば、二人は今夜にでも発った方がいいわ。私、今から鹿屋駅に行ってくる」

女将が旅館の番頭に声をかけ、鹿屋駅に急いだ。大隅半島のど真ん中、鹿屋から筑豊の田川までは実に遠い。日豊本線で福岡の行橋《ゆきはし》まで行き、行橋から田川線に乗らなければならない。戦時中の混乱の中で列車が予定通り運行されるかどうかも分からない。おそらく何も起きなければ田川に到着するのは二日後くらいになるかもしれない。しばらくして、鹿屋駅に出かけた女将が帰ってきた。

「ちょうどいい列車がありましたよ。午後六時発の古江行きの列車に乗って、古江駅からは、バスで国分まで行くのよ。国分で午後十時発の小倉行き夜行列車に乗れば翌日の昼過ぎには行橋駅に到着しますよ。そこから田川までは田川線で約一時間です。あすの夕方には麻木家に行くことができます」

女将がすべての切符を買い求めていた。多分二人分で三十円はかかっていたのではないかと思われる。当時の施設の職員の月給が五十円前後なので、女将の二人の門出への熱の入れようは尋常ではなかった。しかし、アメリカ軍の本土空襲は日々激しくなっており、グラマン戦闘機が各地で列車にも機銃掃射で襲い掛かっていた。日豊本線も空爆を受ける可能性は十分だった。何も起きなければ列車は、翌朝には行橋に到着するだろうが、不測の事態になれば一体いつになるのか不安でもあった。その心配が現実のものとなるとはその時の二人には想像もできなかった。二人が思い描いていたのは、筑豊の新しい生活だけだった。

鹿屋駅のホームの片隅で、二人は見送りに来た南洲屋の女将とキクに目立たないよう静かに別れを告げた。加奈は女将から貰ったモンぺと白いブラウス姿だ。列車に敬愛園の関係者でもいて加奈の逃亡がばれてしまえば、否応なく園に引き戻されてしまう。

千蔵が丁寧にお辞儀をしながら、女将に話しかけた。

「女将さん。この御恩は一生忘れません。宿代も何も渡すことができず、何とお礼を言ったらいいいか。本当にありがとうございました」

「いいのよ。それより筑豊で頑張ってくださいな。戦争はもうすぐ終わりますよ。時間の問題ですよ。日本には武器も弾薬も残り少なく、アメリカなんかに勝てるはずないわ。みんなそう思っているけど言わないだけよ。鹿屋から出撃している特攻隊の若者も可哀そうだね。まるで犬死よ」

加奈はキクの手を握りしめていた。

「キクさん、炭鉱のこと本当にありがとう。知らない世界だけど頑張ってみます。キクさんも無理しないで、軽快退園できたらまた会おうね」

「私のことは気にしなくていいから。それより向こうで落ち着いたら、早く子どもつくるんだよ。あなたならきっといいお母さんになれるわよ。田川の叔父さんは頼りがいある人だから、仕事を探してくれますよ」

二人が四両連結された列車に乗って間もなく、列車が動き始めた。ホームの女将さんとキクが次第に小さくなっていく、いつまでも手を振っている。列車は、しばらく走ると錦江湾沿いに走り始めた。海の向こうに、春の赤く霞んだ夕陽が沈んでいく。列車が右に曲がり始めると、車窓から桜島が見えた。勢いよく噴煙を上げている。

何万年も噴煙を吐き出す桜島の雄大さと、戦争に関わる人間の愚かさが、おかしいくらいに対照的だと思えてきて、千蔵の顔に笑みが浮かんだ。窓際の加奈に千蔵が声をかけた。

「加奈さん。大変な一日だったね。疲れてない？」

「大丈夫よ。千蔵さんも奄美を出てからの疲れが出る頃じゃない」

「これからまだまだ先が長いよ。古江までしばらく寝ようか」

列車は夜の高隅山地を縫うように走っていた。時折、蒸気機関車が汽笛を鳴らし、長いトンネルに入って行った。

第三章　筑豊

筑豊への逃避行

二人は古江から日豊本線の国分駅までバスで行き、午後十時発の小倉行きの夜行列車に乗った。列車はほぼ満員で、多くの客が大きな荷物を抱えていた。国民服の千蔵はやや大きめの黒い鞄を持っていたが、加奈は何も持っておらず、他の客に比べ不自然な感じもあった。少し前まで長距離列車に乗るには、警察の発行する旅行証明書が必要だったが、戦局が危機的な状況になり、そうした複雑な手続きも消えてしまい、列車内の検札もなかった。

鉄道会社も戦争で人手不足になっていたのかもしれない。この時点での国民の移動と言えば、空襲のない安全な場所への疎開か、兵員の緊急転任など特別な事情のあるものばかりだった。千蔵と加奈のような逃避行も、あったのかもしれない。戦争が国民のすべての暮らしを変えてしまい、夜行列車にはさまざまな事情を抱えた日本人が押し込められていた。

日豊本線の国分駅から行橋駅までは、途中駅が九十駅もある。総延長は約四百キロと長い旅である。列車は夜の闇の中を、霧島神宮、都城、日向沓掛と順調に進み、午前零

日豊本線

時過ぎに宮崎駅に着いた。深夜にもかかわらず大勢の人々が列車を待っていた。二人の席近くに兵士らしき若者が座った。精悍な面立ちでキリっとした感じだった。同じような雰囲気の若い兵士が、あと五人ほど近くの席についた。口数は極端に少ない。

千蔵が話しかけようとしたが、そんな空気ではなかった。全員口を閉ざして眠ろうとしていた。何かの特務作戦でどこかに転任して行くのだろう。列車が宮崎駅を出て、千蔵も加奈も睡魔に襲われてきた。ガタンゴトンという列車の音だけが車内に響き渡り、満員とは思えない静まり返った客車内だった。日本全体がこんな重い空気に包まれていた。

千蔵は、闇夜に吐噶喇列島を発動機船で進んでいた時の夢をみていた。何度も冷たい東シナ海の大波をかぶり、十日近くも生きた心地がしなかった。その時の不安に比べれば、初めての列車の旅は快適だった。列車は、佐土原、高鍋、日向と進み、夜明け近くになって延岡に近づいてきた。


昭和二十（一九四五）年三月十八日、アメリカ第五八機動部隊の艦載機三十機が、初めて大分を攻撃した日だった。千蔵らの乗った列車が延岡駅に近づいてスピードを落とし始めた瞬間、突然大きな爆撃音が聞こえ、戦闘機の急降下の轟音が聞こえたと思ったら、機銃掃射の音が響き渡った。列車は急停車し、社内ではあちこちから悲鳴が上がっていた。数人いた若い兵士たちは、あっと言う間に、列車の外に飛び出していった。

「加奈さん。ひんぎろう《逃げよう》。グラマンの攻撃だ。ここにいたら列車ごとやられてしまう」

千蔵は、加奈の手を強引に引いてデッキに向かった。延岡駅構内は煙が立ち込め大混乱していた。グラマンらしき戦闘機が南の方から駅に急速に近づいてきた。そして列車の屋根をめがけて機銃攻撃を仕掛けた。さっきまで千蔵たちが乗っていた客車の屋根が飛び散り、赤い炎を上げて燃え上がった。千蔵は車内に鞄を残してきたが、どうしようもなかった。鞄の中には、キクさんが書いてくれた地図や、叔父さんへの手紙も入っている。列車の切符も何もかも入っている。千蔵が燃える客車の方へ走って行こうとした。

「千蔵さん、やめて。死んでしまうわ」

「だってキクさんの手紙や地図も鞄の中に入ったまんまよ。あれがなかったら田川で路頭に迷うよ」

「大丈夫。キクさんの手紙は、私が読もうとして懐に入れたまんまよ。地図も一緒よ」

「そうか。そうだったのか。よかった。よかった。お金を少し鞄に入れておいたけど、お金は何とかなるよ。切符も延岡で空襲に遭って失ったと言えば、行橋駅の駅員も認めてくれるだろう。とりあえず安全なところへひんぎろう《逃げよう》」

二人は体をかがめながら、駅前に掘られていた防空壕に飛び込んだ。防空壕の中にはすでに二十人ほどが避難していた。機銃掃射の音はまだ続いていた。壕の中をよく見ると、列車内にいた若い兵士がいた。機銃の音が遠のいて、千蔵が若者に声をかけた。

「先ほど列車内の隣の席にいらした方々ですね。車内にいた時お尋ねしようと思っていたんですが、航空隊の方々ですか。私は奄美大島の加計呂麻島にある震洋隊で作業奉仕隊に所属していました」

兵士の一人が驚いた表情で口を開いた。

「震洋隊ってあの特別攻撃艇部隊のことですか」

「そうです。加計呂麻島では、震洋隊の特攻艇のための壕を掘っていました」

列車内では押し黙っていた若い兵士たちだが、防空壕の中では表情が少しずつ和らぎ、いろんなことを話し始めた。彼らに年齢を聞くと全員が十五歳というから驚いた。

兵士の中の一人が話し始めた。

「あまり大きな声で言えませんが、私たちは予備航空隊員で、これから大分の飛行場へ行く予定です。すべては言えませんが大分で特別作戦に従事いたします」

瞬間、千蔵は気づいた。彼らは特攻機に乗るんだと。大分県には佐伯、大分、宇佐に特攻基地があった。多くのベテラン戦闘員が戦死したため、未熟な十五歳の予備航空兵であっても駆り出されていたのだった。鹿屋、知覧などの特攻基地は、すでにアメリカ軍の激しい攻撃を受けており、内陸部の飛行場が特攻基地に変わっていたのだった。大分からは、終戦の日、玉音放送のあとも特攻機が出撃し多くの若い飛行士が犠牲になっていた。

延岡空襲のあと列車が動き始めるまで四日ほどかかり、二人が延岡を発ったのは四月になっていた。延岡から行橋までの、佐伯、大分、別府など、いくつかの駅周辺は同じように空襲のため焦土と化していた。二人は、行橋から田川線に乗り換えた。列車の走る沿線に満開の桜がときおり見えた。もう春なんだ。奄美の八重桜もきれいに咲いているかな。桜だけでなく、菜の花やタンポポなど野の花も、戦争に関係なく咲き乱れていた。列車は一時間ほどかけて田川伊田駅に到着した。

田川伊田駅は、洋風の三階建ての洋館造りで、炭鉱町の豊かさを感じさせていた。通りに出ると、石炭の町らしく巨大な竪坑が目に入った。高い煙突が何本も聳え立って、真っ黒い煙を吐き出していた。遠くには荒々しい香春岳《かわらだけ》の石灰岩の山肌が見えていた。

キクのメモに従って、駅から十分ほど歩くと、大きな屋敷が目に入った。赤い銅板を屋根に敷き詰めた豪華な屋敷だった。やはり銅板でできた表札には麻木虎次郎と重々しく刻まれていた。敬愛園で聞いたキクの叔父の名前に違いなかった。二人は、おそるおそる大きな門の中に入った。いきなり大きな犬が吠え始めた。千蔵も加奈も犬の勢いに押され気味で佇んでいるところに、若い女中らしき女性が小走りでやってきた。

「あら、ごめんなさいね。この土佐犬、誰にでも大声で吠えるんですよ。あの、どちら様でしょうか」

千蔵は土佐犬におびえながら事情を話し始めた。

「私たちは、鹿児島の鹿屋からやってきました者で、キクさんという女性のご紹介で麻木虎次郎さんにお会いしたいと思い、やって参りました。虎次郎さんは、友人のキクさんの叔父さんに当たるとか……」

女中はキクの病気についてどうも知ってる風な感じで一瞬、表情が険しくなった。

「ああ、あのキクさんですか。鹿児島にいるんですか。元気なんですね」

加奈がキクの近況について話し始めた。

「私はキクさんに助けてもらって、いろんなことも教えていただいて、ここにやって参りました。虎次郎さんがもしもいらっしゃるのなら、お話ししたいことがあるんですが」

「それが今日はあいにく出かけていらっしゃいまして。お帰りになったら、あなた様のことをお伝えしておきます。明日の朝でも、もう一度お越しになってくださいな」

千蔵は加奈の袖を引きながら話しかけた。

「加奈さん。そういうことなら、明日の朝、出直してこようか」

「そうですね。伊田駅の近くに泊まってから、明日の朝、もう一度出直しましょう」

二人は、女中に丁寧に挨拶をして立ち去ろうとした時、一台の黒塗りの乗用車が屋敷の玄関前に滑り込んできた。車が玄関前に停まると、中から大柄の口髭の目立つ紳士が降りてきた。女中が慌てて紳士に近づいた。

「旦那様、お帰りなさいませ。今日はお早いお帰りですね」

その紳士は田川で炭鉱経営に大成功した麻木一族のひとり、麻木虎次郎だった。虎次郎は女中の後ろに立っていた千蔵と加奈を見つけて言った。

「この人たちは?」

「鹿児島から来られちょるそうで、キクさんの知り合いと言うとります」

「おお、キクの知り合いかね。それでキクは元気にやっとるかね。キクの知り合いということは、もしかして君たちも同じ病気なんか」

いきなりの質問に二人は驚いてしまった。加奈がたどたどしい口調で話し始めた。

「そうなんです。私は西加奈と申しまして、奄美大島の出身です。実は四年前にキクさんと同じ鹿屋の療養所に入れられまして、キクさんとは長い付き合いをさせてもらっています」

虎次郎は、千蔵の方を向いて尋ねた。

「それで君も療養所におったとかね」

「いや、私も奄美の出身ですが、病気ではありません。この加奈さんに会うために鹿屋に行きました」

虎次郎は、千蔵をじーっと見つめた。

「いやあ、いろいろ事情がありそうやね。キクは本当にいい子だが病気になってしもうて、可哀そうなことになったとよ。私には娘がいなかったもんやから、姪のキクが可愛くて、可愛くて仕方なかったけど、あげなことになってしもうて……。立ち話もなんやけん、家の中に入ってゆっくり話を聞かせやらんね」

虎次郎は二人を応接間に案内した。二十畳はあろうかという広い応接間には、豪華な応接セットが置かれ、床の間には大きな虎が牙をむいている絵がかかっていた。奄美では見たこともない豪華な部屋だった。虎次郎は着替えもせず、二人を正面の椅子に座らせて話しかけた。

「さあ、何も恐れんで、すべて話してみんさい。キクの話も聞かせやらんね」

加奈は懐の中からキクの手紙を出して虎次郎に手渡そうとした。

「実は私たち二人は、奄美で結婚の約束をしておりました。しかし、不幸にも私がハンセン病に罹ってしまい。鹿屋の星塚敬愛園に収容されてしまいました。そして、三月の鹿屋大空襲の日、千蔵さんが駆けつけてくれて、私を連れ出してくれたのです。

本当はいけないことですが、キクさんは私たちに逃げるよう勧めてくれました。そして、キクさんからは炭鉱に潜り込めば生きていけると言われ、筑豊行きを決心しました。キクさんは別れ際に、虎次郎さん宛ての手紙を手渡してくれました。それがこれです。どうぞお読みください」

虎次郎はキクを懐かしみながら手紙の封を切って読み始めた。手紙を持つ虎次郎の手がすこし震えているように見えた。

虎次郎おじさんお久しぶりです。その後、お元気ですか。キクは、療養所の生活にもすっかり慣れてきました。

療養所に来て辛いことも、たくさんありました。真夜中に起きて、田川の楽しかった日々や、優しい虎次郎おじさんのことを思い出して、泣いたことも何度かありました。

田川を出るとき身ごもっていましたが、赤ちゃんは産ませてもらえませんでした。何度か死のうと思ったこともありますが、気持ちを強く持って、何とか生きてきました。田川では、本当にお世話になりました。こんなことになってしまって、おじさんにお礼の一言も言えなかったことを悔やんでいます。

ところで園内で知り合った西加奈さんは、私を何度も元気づけてくれました。私は、もうこの療養所で一生を終える覚悟ですが、加奈さんの病状は非常に軽く、健康さえ気をつければ社会で生きていけると思っています。加奈さんにはちゃんと結婚して、赤ちゃんを産んでほしいのです。炭鉱で二人は生きていけると信じています。

どうかこの二人の人生を切り開いてあげてください。おじさんに、私の最後のお願いです。よろしくお願いします。

昭和二十年三月

麻木キク

虎次郎はキクの手紙を読み終えて少し潤んだ目で、二人の方を向いた。

「キクは、私が大事に大事にしちょった姪やけん。私には女の子がおらんもんで、周りの者《もん》が焼きもち焼くほどキクを可愛がっとりました。そのキクも年頃になって旦那を見つけて結婚したとですが、キクがハンセン病に罹ってしまったとです。途端に、旦那はキクの前から姿を消してしまったとです。キクは、その時すでに身ごもっとりまして、結局鹿児島の療養所に連れて行かれたとです。お腹の赤ちゃんはどうなったもんか気にかけとりました」

「実は……」と加奈が言葉を詰まらせながら答えた。

「キクさんは、赤ちゃんを産みたかったのですが、療養所側は胎児に病気が感染しているかもしれないし、療養しながらの子育ては不可能だということで、堕胎させられてしまいました」

「やはり、そうですか。私は以前から、この病気に対する国の政策はおかしいと考えとったんです。必要以上に厳しすぎると思います。キクが鹿児島へ連れて行かれる時も、私は屋敷の片隅に小屋でも建てて生活させ、医者が時々通えば十分ではないかと県衛生部の役人に食い下がったんです。東京でも、欧米でもそんなケースは多いと聞いとりましたから。しかし、県の役人は、法律に定められていることだと一歩も引かなかったとです」

千蔵は、その通りと言わんばかりに自分の考えを一気に話した。

「私も麻木さんと同じ考えです。奄美の名瀬にたくさんの専門医が来て、何度も講演会が実施されました。奄美や沖縄には患者が多く、度々啓蒙のための講演が行われていました。その中である京都帝国大学の先生がハンセン病について、ハンセン病は不治の病ではない、感染力はそんなに強くない、隔離は不要だと言われていました。私は、その説を今でも信じています。だから鹿屋の大空襲の中、加奈を施設から脱出させたんです」

「そうですか。キクの手紙ば読んで、あんた方の置かれとる状況が全て分かりました。私が何とかしましょう。千蔵さん。炭鉱の仕事は厳しかですが、少しずつ慣れてきますよ、頑張ってください。加奈さんは、病気が悪くならんように健康に気を配って、早よう元気な赤ちゃんを産んでくださいよ」

「本当にありがとうございます」

「もう遅いき、今夜はここに泊まりなさい。明日の朝までにあなた方の落ち着く先を探しておきますから。この筑豊には、二百近いヤマ（炭鉱）があるけん。全国から大勢の炭鉱夫が集まっちょるけん。中には理由《わけ》ありの連中もおります。でも筑豊に来たらみんなおんなじです。病気のことなんか気にすることはありません。さあ、部屋に行って、風呂でも入って、晩飯でも食べて長旅の疲れば取ってください」

二人は女中の案内で、客間に通された。客間は小さめだが、風呂付きで、客間用の便所もあり、立派過ぎて二人は落ち着かない様子だった。多分炭鉱関係の商社幹部か政府関係の高官用に造られた部屋だと思った。床の間に大きなラジオも置かれていた。ラジオなんか久しく聞いていなかった千蔵が、慣れない手つきでスイッチをひねってみたが、何も音がしない。しばらくあちこち触っていると、突然、飛び上がるような大音量で鳴り出した。驚いた千蔵が後ろにのけぞってしまった。加奈が慌ててつまみをひねると普通の音量に戻った。二人が大笑いしていると女中が夕食を運んできた。

「あらあら随分大きな音がしちょるね。もうすぐ大本営の発表時間だけん、聞いた方がいいとよ。戦争で日本はどんどん追い詰められちょるやと、近所の人が言いよりますわ。ラジオは、勢いのいいことばかり放送しちょるけど、よう聞いたら大丈夫かねって思うようになってきたとよ」

♪　ピンポンポン
大本営午後六時発表。
沖縄方面隊第三三歩兵部隊は、北部大宜見に転戦、
アメリカ上陸部隊に果敢なる攻撃を展開しており、
両軍睨み合いが続いています。
鹿児島鹿屋から出撃した特別攻撃機は、
沖縄南方海域において、敵艦二隻に大損害を与え、
なおも攻撃の手を緩めず沖縄近海へ進撃しています。

ラジオをさっと切った女中が、吐き捨てるように話し出した。

「転戦転戦って毎日言いちょるけど、敗退しとるだけやない。この戦争は負けるかもしれんけど、どっちでもいいけん早よう終わってほしいわ。はい、夕食です。何もごちそうはなかとだけど、しっかり食べてくださいね」

「ありがとうございます。鹿屋を飛び出してまともな食事をとってないので、本当にありがたいです。こんな大きな魚、まだ泳いでるんですね」

「そりゃそうですよ。魚は戦争には関係ありませんから」

二人の前に置かれた大皿には、四十センチ近い塩焼き桜鯛が乗せられていた。戦時下、奄美では見たこともない白米がどんぶり飯で出されていた。二人は膳に乗せられた食材を何も残さないという勢いで黙って食べていた。食べると元気が出てくる。これからのことで悩んでいた不安が、食べるたびに消えてしまうような感じもした。

翌朝、朝食を済ませた二人は、居間に来るよう告げられた。二人が居間に入ると虎次郎がタバコを吸いながら待っていた。

「おはよう。よく寝たかね」

「はい。久しぶりに、ぐっすり眠ることができました。本当にありがとうございました」

千蔵と加奈は、昨日までと違った少し穏やかな表情に変わっていた。

「それはよかった。ところで君たちの落ち着く先だが、夕べ私の友人二、三人に連絡して相談したとやが、一番いいのは宮田町の貝島炭鉱がいいんじゃないかという結論になったとよ。

宮田町は、ここから列車で一時間ほどの町やけど、貝島はこれから宮田町大之浦で露天掘りの採炭をやろうとしとるらしいとよ。今はまだ試験採炭の段階やけど、間もなく本格的な採炭に入ると思われる。そこで千人以上の作業員が必要になるっちゅうことで、大掛かりな人員採用を計画しとるよ。その作業員たちのために宿舎も建設中ということよ。

どこでもそうやけど若い男は戦争に取られてしもうて、人集めに四苦八苦しとるらしい。私は加奈さんの病気のことは言っちょらんが、病気じゃない千蔵さんは、普通に働くことができるし、よか機会だと思います。加奈さんの病気のことも、加奈さんが元気ですから、誰にも打ち明ける必要はなかと思うちょります。新しい生活を宮田町で始めなっせ。

向こうで何か困ったことがあったら、必ず連絡ばしなっせ。遠慮せんで。差しでがましいかもしれまっしぇんが、これは私からの餞別です。少ないですけんど、取っといてください」

虎次郎は餞別と書かれた白い封筒を千蔵に手渡そうとした。

「いやいや、これは恐縮いたします。夕べは屋敷に泊めていただいて、就職先まで決めていただき、その上餞別まで頂いてしまうわけにはいきません」

「何を言いますか、取っていただかんと、私がキクに叱られますけん。向こうに行ったら家財道具もいるやろうし、何かと物入りが続きますけん。遠慮なくしまっとってください」

当時、筑豊の炭鉱は、日本全体の石炭の半分以上を産出していた。大小さまざまな鉱山があったが、貝島炭鉱、麻木炭鉱、安川炭鉱の三社が石炭産出のほとんどを占めていた。貝島炭鉱は明治初期、初代の貝島太助によって設立された炭鉱だった。

戦時下、八幡製鉄所で鉄鋼生産のため大量の石炭が必要となり、筑豊炭鉱は増産が急務となっていた。太平洋戦争は末期的状況になってはいたが、田川の町の中にも、兵隊が「石炭を頼む」と叫んでいるポスターがいっぱい貼られていた。筑豊の勢いは衰えを知らなかったのだ。竪坑から数百メートルも掘り進む炭鉱作業は炭塵爆発などで大勢の死傷者を出しており、貝島炭鉱の露天掘りは安全面からも期待されていた。

宮田町への列車に乗るため、二人は田川伊田駅に向かった。駅に着くと、待合所に、顔が真っ黒になった被災者が大勢集まっていた。小倉で大空襲に遭って逃げてきた人たちだった。前の日、B29爆撃機が初めて日本本土を空爆したのだった。中国の成都を飛び立ったB29爆撃機三十機が八幡製鉄所を狙って空爆したのだが、天候が悪く焼夷弾が小倉の街に雨のように降ってきたのだった。小倉から逃げてきた人々は、口々にB29の爆撃の恐ろしさを語っていた。被災者の中に、小さな子どもを背負っていた女性がいた。子どもも火の中を逃げてきたのだろう、煤にまみれてグッタリしていた。

加奈は、その三歳くらいの女の子に話しかけた。

「まあ可哀そうに。大丈夫。怖かったんだね」

女の子は、まったく反応しない。加奈が鞄の中から、黒糖のかけらを取り出して女の子に与えた。母親が心配そうに背中の子を見ようとしている。

「ありがとう。ございます。ほら、みっちゃん、いただきなさい」

加奈は自分が病気であることも忘れ、黒糖を女の子の口の中に入れた。少し驚いた表情の女の子だが、口の中の黒糖が溶け始めるとうれしそうな顔に変わった。

「甘いでしょう。元気出してね」

加奈はもう一つの黒糖を母親に渡した。母親も黒糖の幸せな味に驚いている様子だった。

「甘いものが欲しい年ごろなのに、こんな女の子にも苦労させてしまって。でもお母さん、しっかり生き延びていきましょうね。この子のためにも」

戦争は、弱い立場の者から苦しめていく。黒糖のひとかけらも子どもに与えられない戦争は、一体何を日本人にもたらしてくれるのか。加奈は女の子の顔を見ながら、戦争の虚しさを感じていた。

その後も田川伊田駅には、次々と小倉からの被災者が集まってきた。二人は、被災者の集団を後にして、列車で宮田町に向かった。

筑豊・宮田町での新生活

福岡県鞍手《くらて》郡宮田町は、石炭の町直方と飯塚の町の真ん中に位置する炭鉱の町だった。丘と谷が入り組んだ丘陵地帯だ。崖のあちこちに炭田層があらわになっているような石炭台地の上に東洋一を誇る竪坑が聳え立ち、その周りに炭鉱夫たちのための住宅、炭《たん》住《じゅう》が並んでいた。ほとんどが長屋造りで、ひと棟に八世帯ほどが入居しているハーモニカ長屋と呼ばれるところだった。千蔵と加奈が、新しい生活をスタートさせる場所だった。

田川の麻木家を出発した千蔵と加奈は、国鉄の伊田—宮田線で宮田にたどり着いた。宮田駅から歩いて二十分ほどの丘の上の炭住の一部屋に二人は落ち着いた。六畳と四畳半の二間に台所だけの質素な住宅だった。風呂は共同風呂で、少し離れたところに共同便所があった。ハーモニカ長屋は五棟ほどが並べられ、棟と棟の間は四メートルほどの路地が設けられており、その路地では大勢の子どもたちが遊んでいた。

二人は炭住から二百メートルほど離れた商店街に行き、鍋や食器の生活用品を買い揃

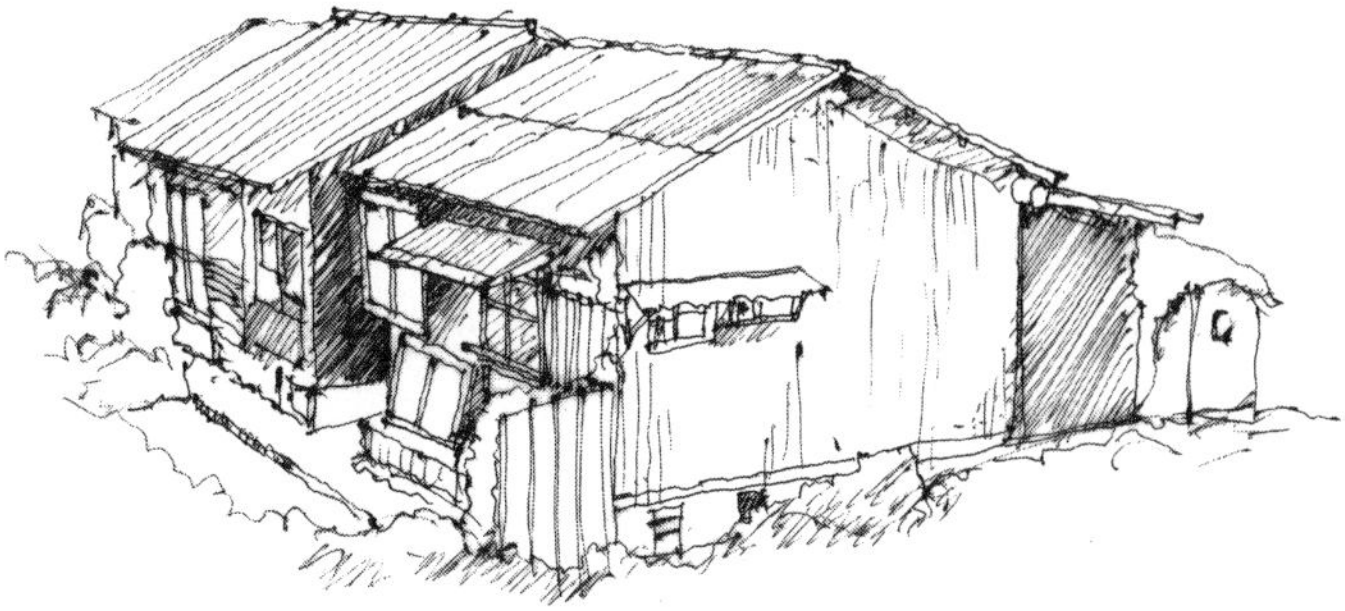

炭鉱住宅

えた。一度の買い物では揃えられなくて、二度三度と、自宅と商店街を往復した。炭住から少し離れた広場では衣料品の露店販売もあり、加奈が久しぶりに明るい柄の洋服を選んでいた。千蔵は洋服屋の隣で自転車を売っている店頭で、並べられている自転車をじっと見ていた。

「千蔵さんは、この自転車が欲しいの?」

千蔵がピカピカの、つばめ号と書かれた黒い自転車のハンドルをいじっていた。

「いや、見てるだけよ。いい自転車があるね。少し高そうだけど」

「買えばいいじゃない。千蔵さんは自転車が大好きなんだから。奄美でも遠いところまで乗ってたよね」

「あの自転車は好きだったけど、こちらに来るときに、大熊の友達に売ってしまったよ。鹿児島の大隅半島でも自転車を譲ってもらったけど、鹿屋の空襲で壊れてしまった」

「だったら買えばいいがね。百円くらいならお金はあるわよ。今、買わんば、もう買う機会ないかも」

「そうか。自転車は要るかもね。直方や飯塚にも行きたいし、子どもが生まれたら、三人乗りでどこにでも行けるしね」

結局、この日の買い物で、持っていた金七百円余りをほとんど使ってしまった二人だった。炭住は水道代も燃料費も電気代も何も要らない。買わなければならないのは、食料品と衣類だけだった。当時、炭鉱の給料は一日十円ほどだが、一般の給料の二倍以上だった。うどんやアンパンが五銭の時代だ。贅沢さえしなければ楽に暮らしていける収入だった。

炭鉱内での採炭の仕事は三交代制で、八時間労働が守られていた。坑内の作業は危険が伴うため高賃金が約束されていた。しかし、虎次郎の配慮もあってか、千蔵は坑内作業ではなく、掘削機械の修理調整や石炭運搬車両の整備担当だった。坑内作業は炭塵爆発や鉄砲水で常に死の危険が伴っていた。貝島炭鉱でも五年に一度は、百人以上の死者を出す大惨事に見舞われていた。死者に対する会社の高額補償もあったが、加奈を一人にすることを避けたかった千蔵は、高い給料よりも安全な地上での作業に就いたのだ。

二人が宮田の炭住に住み始めて数か月が過ぎ、季節は昭和二十（一九四五）年の夏になっていた。戦争は、激しくなる一方で、全国の都市が空襲に見舞われていた。広島と長崎には新型爆弾が落とされ何十万人もの市民が焼け死んだと伝えられていた。

そんな真夏のある日、炭住の広場に大勢の人が集まっていた。ラジオの重大放送があると、朝から、炭住の管理人がふれまわっていた。広場に行くと、正面に机が置かれ白い布がかけられていた。その白い布の上にラジオが置かれていた。

そして、正午の時報が流れ、アナウンサーが畏まった声で天皇陛下から国民にお言葉があると伝えた。ラジオのボリュームがいっぱいに上げられ、天皇陛下の声が流れ始めた。玉音放送である。広場に集まった百人近い人々は静かに耳を傾けていた。ラジオの音量を上げ過ぎて、音が割れてしまい、内容は判然としないが、初めて聞く天皇陛下の声だった。広場では、地べたに座り込んでいる人もいた。

玉音放送

朕《ちん》深ク世界ノ大勢ト帝国ノ現状トニ鑑ミ非常ノ措置ヲ以《もっ》テ時局ヲ収拾セムト欲シ茲《ここ》ニ忠良ナル爾《なんじ》臣民ニ告ク
朕ハ帝国政府ヲシテ米英支蘇四国ニ対シ其《そ》ノ共同宣言ヲ受諾スル旨通告セシメタリ
……（後略）

この時、広場に集まった人だかりは二百人近くに膨れ上がっていた。腕で両目を覆い、泣きじゃくっている男性。今にも倒れそうな表情で放心状態の婦人もいた。しかし、やっぱり日本は負けてしまったのかと冷めた表情の人もいた。また中には強制連行で炭鉱にいた朝鮮人らしき人もいたため、広場の雰囲気は一様ではなかった。千蔵と加奈も広場にいたが、日本が戦争に負け、無条件降伏したことだけは把握できた。

昭和十六（一九四二）年十二月の太平洋戦争開始から三年八か月、国民の多くは戦争のため耐乏生活を受け入れ、ひたすら勝利を信じていたのだが、結果は米英に屈してのポツダム宣言受諾、無条件降伏に終わってしまった。すべては戦争のためという国民の意識が総崩れした日だった。三十七分も続いた玉音放送が終わり、広場に集まっていた人々は自宅に引きあげた。日中戦争から始まった日本の戦争の時代は終わった。新しい時代がやってくる。千蔵は戦争に負けた悔しさより、加奈との平和な時代で暮らせる希望の方が大きくなっていくのを感じ始めていた。

宮田町に移住し一年ほどが過ぎた頃、加奈の妊娠が分かった。少しお腹が膨らんでいる。加奈は、毎晩腹をさすりながら千蔵に不安を打ち明けていた。

「本当に大丈夫かしら。最近むる《とても》不安なの。私の病気が赤ちゃんに影響してるっち思うど、時々やっぱり産むのやめた方がいいかなっち、悩む日もあるのよ」

「何を今さら。大丈夫だよ。母親の体は、お腹の子どもを必死で守るようにできているんだ。胎内感染なんて生物学的に考えても、ありえんことだよ」

「でも、もし体内感染していて、生まれたばかりの赤ちゃんが感染してたら、苦労させるために産んだと、子どもに恨まれるかもしれん」

「だって、加奈と俺《わん》は、ずーっと一緒に生活しているけど、病気は俺にまったくうつってないがね。そんなに簡単に胎内感染する病気じゃないよ。それに万が一生まれた子どもが体内感染していても、生きていればいつか将来治療薬や治療方法が発見される。

病気は完全に制圧でき、子どもは生まれて良かったと加奈に感謝するに違いない。いずれにしても、お腹の赤ちゃんを殺してしまうという考えには大反対だ」

千蔵の強い言葉に刺激され加奈の不安は一瞬消えたように見えた。

「そうね、もっと自信を持って元気な赤ちゃんを産みます。こうしている間にも赤ちゃんは、すくすく育っているよ。早く出てきて元気な声を聞かせてよ」

加奈がまた腹をさすり始めた。終戦から一年、大勢の男性が復員したこともあって、炭住のあちらこちらで、多くの赤ちゃんが生まれ、ベビーブームと呼ばれてもいた。炭住に住んでいる産婆（助産師）も大忙しのようだ。

そして昭和二十二（一九四七）年の三月、炭住の一室で加奈の陣痛が始まった。別棟に住んでいる産婆の女性が駆けつけて、千蔵に湯を沸かせだの、タオルと手拭いを用意しろと指示している。このところ、炭住でのお産が多いので産婆も慣れたもので、落ち着き払って処置を進めていた。

産声がハーモニカ長屋に響き渡り、赤ちゃんが取り出された。女の子だった。加奈は何か異常がないか、脚や手を丹念に見ていた。赤ちゃんに異常は何も見られなかった。髪の毛の多い三千グラムの元気な赤ちゃんだった。千蔵は、赤ちゃんの名前をいろいろ考えていた。女の子が生まれたら「晴海」にしようと決めていた。奄美の珊瑚の海を思い出させる美しい海。加奈もその名前を喜んでいた。


晴海はその後、すくすく育った。なんの病気の影響も受けていない。加奈の心配が杞憂のような元気な女の子に育っていった。同じ長屋にも晴海と同じくらいの女の子が何人かいて、まるで姉妹か、親戚の従妹同士のように毎日楽しそうに過ごしていた。炭住の子どもたちは、なぜか元気で逞しい子が多かった。戦後復興の勢いを象徴しているようでもあった。ただ子どものけがや事故も炭住では多かった。

炭住の並ぶ間の窪地には、真っ黒い水のドロ川が流れていた。石炭の粉塵で真っ黒くなっていた。晴海は、生まれてからこの黒い川しか知らない。近所の子どもたちと、毎日ドロ川の周りで遊んでいた。ある時、このドロ川をみんなで渡ろうということになった。

川の中には飛び石が並んでいて、向こう岸に渡るという遊びだった。年長の女の子は簡単に飛んでいたが、まだ三歳の晴海は最後の飛び石に飛び移ることができなくて、川の中に落ちてしまった。流れは速く晴海は流されそうになり、必死で飛び石にしがみついていた。子どもたちは動転して見ているだけだったが、一人の女の子が駆け寄って何とか晴海を引き上げた。流されて水の中に沈んでしまえば、ドロの中で救出も困難な状況だった。

晴海を引き上げたのは、同じ炭住の斜め向かいに住んでいる在日朝鮮人の娘で、朴愛蓮という女の子だった。晴海が川に落ちた時、他の女の子はパニックになって呆然としていたが、小学校三年の愛蓮がとっさに土手を駆け降り、晴海の腕を掴んだのだった。

引き上げられた晴海は、まるで墨汁を頭からかけられたように、顔から足の先まで真っ黒になっていた。泣きながら、そのまま家に帰ったため加奈が大声を上げた。

「えっ、晴海なん。一体どうしたんよ。髪の毛も、顔も、シャツもスカートも真っ黒じゃん。泣いてばかりだと、分からんよ。何があったの」

晴海を家まで連れてきた愛蓮が説明し始めた。

「おばちゃん。晴海ちゃんは、飛び石遊びをしていて川にはまったのよ」

「川って、あのドロ川のこと。あんな真っ黒い川にはまったの。あんな川で沈んだら、どこに沈んでいるか分からなくなってしまって、死んでしまうよ」

「最後の飛び石にしがみついていた晴海ちゃんを私が引き上げたの」

「そうだったの。愛蓮ちゃんが助けてくれなかったら、晴海は流されて死んでしまうところだったわよね。本当にありがとうね」

晴海が、やっと泣き止んだ。

「晴海。愛蓮ちゃんが助けてくれなかったら、死んでたかもしれんよ。晴海。愛蓮ちゃんに、ちゃんとお礼言いなさいよ。命の恩人なんだから」

炭塵ドロが渇きだして、顔がやっと見られるようになった晴海がペコリと頭を下げて、真っ黒い顔に白い歯を見せて苦笑いしていた。

この騒ぎがあった次の日、加奈が、お礼の菓子を持って愛蓮の家を訪問した。部屋の中から母親の朴陽嬉が出てきた。

「愛蓮ちゃんのお母さんですね。昨日はうちの晴海がドロ川に落ちて、娘さんの愛蓮さんが助けてくれたんです。もう少しで流されるところだったんです。本当にありがとうございました。これは、お礼のお菓子です」

「お母さんの奥加奈さんですね。娘から大体の話は聞いています。大変でしたね。あのドロ川は結構流れが速いから、遊ばないように言ってたんですがね」

この日から加奈と、陽嬉は不思議と気が合い、度々母親同士で話し合うようになった。

晴海が四歳になると、千蔵は自転車の荷台に加奈を乗せ走り回るようになった。サドルとハンドルの間に座布団を巻いて、前に晴海、後ろに加奈を乗せ、度々三人乗りで遠くへ出かけていた。近くには映画館はなかったが、直方の町には筑豊一といわれた劇場「日若座」があって、人気の映画が上映されていた。

戦後のまだテレビがない時代は、空前の映画ブームで、三人はよく出かけていた。「君の名は」「カルメン故郷へ帰る」「東京物語」など数多くの作品が上映されていた。晴海は映画の内容が、よく理解できていなかったが、映画が終わっていつも行く、明治通りの開春堂の花あられを楽しみに、黙って大人しく見ていた。

この頃の直方は炭鉱景気で沸き返り、古町通りの銀天街は日本一の長いアーケードが自慢で毎日大勢の買い物客が詰めかけていた。日本のエネルギー事情は、このころまだ石炭が主流で、朝鮮戦争特需もあって直方の人口は五万人以上に膨れ上がっていた。

「ほら、晴海、花あられの開春堂にきたよ」

千蔵の自転車こぎは、まるで曲芸のように巧みだった。三人乗りの自転車で古町通り、明治通りを人混みを見事に避けながらすいすい進んでいた。この日も開春堂の前に来ると急ブレーキをかけ、くるっと自転車を回して停めた。中から店主の亀次郎が出てきた。

「おっ、お嬢ちゃん。また来たとね。花あられが好いちょるじゃな」

「そうなんですよ。楽しみにしてるんですよ」

加奈が困った表情で店主に話しかけた。

「そうか、花あられの大ファンかね。よし、今日は缶入り五十銭やけど、サービスで二缶五十銭に負けとくばい」

加奈が申し訳なさそうに店主に話しかけた。

「まあ、そんなにサービスしてくれるんですか。悪いわね」

「お嬢さんが、あんまりにも可愛いけん、ついつい。そうや、このグリコ、おまけにあげるけん」

晴海が嬉しそうな顔でペコリと頭を下げた。

「また来んね。サービスするけんね。バイバイ」

千蔵は、自転車に二人を乗せ商店街を見て回った。古町通りから明治通りを通過して、直方駅まできてしまった。駅はアメリカの西部劇に出てくるようなスティックスタイルで大きな屋根が威容を誇っていた。大勢の人々が行き交っている。正面の車寄せの周りに浮浪者らしき男が横になっていた。痩せた五十歳くらいの男で眠ったままだった。晴海が突然、男のそばに駆けよった。

「おじちゃん。どうしたの。なんで寝ちょうとう」

男は、むくっと起き上がって晴美を睨みつけたが、晴海は怖がるでもなく、逃げるのでもなく、手に握りしめていたグリコを差し出した。

「これ、あげるけん」

「お嬢ちゃんのキャラメルやろ。要らんけん。自分で食べてよ」

千蔵も加奈も一瞬のハプニングに驚いてしまった。どうしてかは分からないが、晴海は自分のものを惜しげもなく、近所の子どもに気前よく与えたりしたことが何度かあった。千蔵は「またか」といった表情で呆れていた。加奈が男に声をかけた。

「娘が本当に失礼なことを言いました。この子はあなたがお腹を空かしていると思ってキャラメルを差し上げようとしたのですが、気に障ったら許してください」

男はニヤリと笑い、また横になってしまった。

三人は直方駅を出発した。直方から宮田の自宅までは、十キロほどの距離だ。遠賀川の支流、嘉麻川の土手を千蔵の自転車が快走していく。宮田の町に入る頃は、夕焼けで西の空が赤くなり始めていた。

自転車三人乗りで飯塚へ

炭住での長屋生活は知らない人ばかりで、最初は戸惑っていた加奈だったが、歳月が経つにつれ近所に親しくしてくれる女性もいて、慣れてくれば楽しいことが多くなってきた。最も親しい仲のいい女性は朴陽嬉だった。彼女は日本で生まれた在日朝鮮人だが、夫は戦時中、朝鮮から強制連行され、戦後も筑豊で炭鉱夫となった男性だった。陽嬉は普通に日本語をしゃべれるが、夫はまだ片言の日本語だった。陽嬉は部屋の前庭で毎朝洗濯しながら、今日も元気よく挨拶してきた。

「奥さん。おはよう。今日もいい天気だね。晴海ちゃんは、素直でいい子だね。うちの子も晴海ちゃんを大好きみたいだよ」

陽嬉の主人・袁了は、慶尚北道の郡部の貧しい農村に生まれた。昭和十七（一九四二）年に朝鮮総督府から多くの村に徴用令が下された。裕福な家の若者は、賄賂を使って徴用を逃れたが、袁了の家は貧しく徴用令に従うしかなかった。はじめは八幡の海底炭鉱で働いていたが、軟弱地盤で落盤事故が相次ぎ、仲間も次々と死んでいった。袁了はこのままでは死んでしまうと、逃げ出して北九州を放浪したのち、知人の紹介で宮田にやってきたのだった。

筑豊の炭鉱では危険な切羽《きりは》の先山《さきやま》作業は朝鮮人鉱夫が多く当てられていた。戦時中、日本人の男は次々と戦地に送り込まれ、筑豊の炭鉱では女性も後山《あとやま》として鉱道に入っていた。先山が掘り出した石炭を竹かごに入れて坑口まで運んでいたのだった。そんな厳しい坑道作業で、袁了と陽嬉は出会い結婚したのだった。戦後、女性の坑内作業は禁止されたため、袁了だけが危険な坑内作業を続けていた。袁了は狭い坑内でまるでモグラのように小さな穴に入り込み、横向きや上向きになって石炭を掘り出していた。白い作業着が作業を終えると真っ黒になっていた。陽嬉が洗濯していたタライの中の水もドロ川のように真っ黒く変わっていた。

戦時中、朝鮮半島からはおよそ三十万人が日本に強制連行されていた。そのうち約十五万人が筑豊炭鉱で働いていたといわれている。その多くは終戦で帰国したが、袁了のように日本に残った朝鮮人も多かったのだ。

「陽嬉さん。おはよう。ご主人はもう現場に行ったのかな」
「いや、今日は三番方で夜からだから、まだ寝てるんですよ」

「じゃあ、あんまりうるさくしない方がいいわね」

「大丈夫ヨ。夕べマッコイ飲み過ぎて、大いびきで寝てますよ」

「ご主人も坑内作業で大変だね。事故も心配だしね。この前も、飯塚の炭鉱で炭塵爆発があってあなたの仲間も死んだんだね」

「仕方ないよ。先山は稼ぎがいいから危険でも下りて行くのよ。イチかバチかよ」

二人がしばらく話し込んでいると、陽嬉の夫の朴袁了が目をこすりながら路地に出てきた。

「あっ、おかみさん、おはようございます。ああ、よく寝たよ。あなたは、元気か。旦那さん、仕事行ったか」

「はい。今朝早く出かけました。何か第二竪坑の滑車を修繕するんだと言って、出て行きました」

「そうか。千蔵さん。とても優しい。他の日本人と違います。私、大好きです」

「それは、それは。本人も喜びますよ。朴さんは坑内の仕事なので大変でしょう。危ないから気を付けてくださいね」

「大丈夫。大丈夫。私、逃げ足、速いです」

しばらくして娘の晴海が路地に出てきたと思ったら、朴陽嬉の家からも小学生の女の子二人が出てきて遊び始めた。筑豊の女の子が良く遊ぶ「おつむてんてん」という遊びを三人で始めていた。子ども達はまるで姉妹のように大はしゃぎしている。長屋では共同風呂と共同便所なので、次第に大家族のような空気になっていた。

「ところで晴海ちゃんも、もうすぐ小学生になるのよね」

「まだ二年近くあるけど、早いもんですよね。この前生まれたばかりだと思っていたのに、小学生なんてね」

「小学校へ行くとしたら、またランドセルやセーラー服を揃えなきゃならないから大変ね」

「そうそう。慌てて買うんじゃなくて、早めにゆっくり選んで買っておかなきゃね」

「飯塚の井筒屋デパートがまた大きくなったらしいわよ」

「デパートって、私まだ行ったことがないけど、陽嬉さんは行ったことあるの」

「二か月前に家族四人で行ったのよ。四階建てのビルで、まあ、何から何までないものがないって感じ」

「そうなの、デパートって、私、行ったことないから楽しみ。それから嘉穂《かほ》劇場ってあるよね。あの劇場で、今は田端義夫歌謡ショーやってるみたいだから、切符が買えたら

嘉穂劇場（飯塚）

見たいよ。田端義夫の『かえり船』って歌が大好きなんよ。彼は、島の歌や船乗りの歌が多いんよ。聞いてると故郷の奄美を思い出すの」

「私も『玄海ブルース』って歌や『ふるさとの燈台』が好きだわ」

二人は、まるで若い女学生のような話しぶりで、スター田端義夫の話で盛り上がっていった。

「でも加奈さん知ってる？　田端義夫って三重県の出身で父親が三歳で亡くなって苦労したそうよ。貧しさで栄養失調でトラコーマになって右目は見えないんだって」

「へえ、苦労人なんだね。陽嬉さんは、何でも知ってるのね」

「この前、婦人雑誌の『平凡』に書いてたのよ」

井筒屋デパートは、九州・小倉に誕生した九州最大のデパートだった。朝鮮戦争特需景気のおかげで、売り上げを伸ばし、博多、八幡、飯塚と店を拡大していた。加奈が千蔵に飯塚の話をすると、すぐにでも自転車で行こうということになった。千蔵が乗り気になったのは、晴海のセーラー服を買うという話に惹かれたからだった。

三人は、また自転車三人乗りで出かけることになった。宮田町から飯塚までは二十キロほどの距離だった。短い距離ではなかったが、大隅半島で一日五十キロ近く走った千蔵にとって、それほど大変なことでもなかった。三月末のある日、三人は飯塚を目指していた。千蔵の健脚は炭住長屋でも有名で、坂道でも山道でも力強く快調に進んだ。飯塚市内に入ると、井筒屋の大きな井の字の看板がすぐ目に入った。

デパートの横に自転車を停めて、三人は大きな入り口から中に入った。入るとすぐ、制服姿の美しい女性が丁寧に挨拶をしてくれた。直方の商店しか行ったことのない三人にとっては驚きの広さだった。どこで何を売っているのかさっぱり分からない。階段の横にはエレベーターと書いた昇降機が見えた。おそるおそる中に入ると、やはり制服姿の美人が丁寧なあいさつをしてくれる。他にも数人の客がエレベーターに乗ってきた。どこで降りたらいいのか分からないまま、最上階に到着した。ドアが開いて店内に入ると、見たこともない別世界が広がった。華やかな音楽も流れている。

「すみません。女の子のセーラー服はどちらで買えますか」

加奈は店員の一人に、晴海のセーラー服を買いたいと尋ねたが、セーラー服など洋服は一階に取り揃えていると言うので、またエレベーターに乗った。晴海はエレベーターが気に入った様子で楽しそうにしていた。喜んでいたのは晴海だけでなかった。加奈も千蔵も、エレベーターは人生初の経験で興奮気味だった。

一階は女性の洋服が中心で、華やかな洋服やバック、装飾品も並んでいた。一番奥のコーナーに女の子の洋服が並んでいた。その中に小学生用のセーラー服があった。

「ほら、あそこに可愛らしいセーラー服があるよ。小さいサイズもあるよ。試着させてもらおう」

「少し大きいんじゃない」

千蔵が心配そうだが、それ以上小さいものは見当たらない。

「大丈夫よ。入学までにもっと大きくなるし、大きすぎれば繕えばいいし」

晴海が試着室でセーラー服を着てみた。襟元と袖に三本線が入って、白い大きなリボンがついていた。千蔵がうれしそうに見つめている。

「わー、よく似合うね。晴海はもう立派な小学生だね。でも少し大きいかな」

「袖が少し長いかもしれないけど、母ちゃんが直してあげるわ」

結局、セーラー服を一着買っただけで買い物は終わってしまった。三人は四階の大食堂へ行った。五十席はありそうな大食堂に三人は座ってメニューを眺めている。

「さあ、お腹空いたね。晴海は何を食べるかな。カレーライス、ハヤシライス、チャーハン。丼物は親子丼にたまご丼に肉丼、ほら麺類も井筒屋うどんにきつねうどん。ラーメンやちゃんぽん麺もあるよ」

ハヤシライスもチャーハンも聞いたことがない晴海だが目は輝いている。

「うーん、うーん。そうね。あれ。あれがいい」

晴海が指さした隣のテーブルで男の子が食べていたランチセットを指さした。

「あれ、あれ。あれがいい」

「まあ、指さしは駄目よ。男の子がびっくりしてるがね。あの小さな旗の立ってるご飯ね。千蔵さんは何にする」

「そうだね。全部うまそうだけど、井筒屋うどんかな」

「いいわね。私も井筒屋うどんにするわ」

三人のデパートでの初めての昼食は楽しいものだった。食堂の大きな窓の外には飯塚の景色が広がっている。炭鉱の町らしく竪坑の櫓やボタ山が連なっている。高煙突からは真っ黒い煙が何本も上がっている。昼食を終えた三人は、デパートの屋上遊園地に行き、子どもの乗り物などを楽しんで過ごした。

三人が井筒屋デパートを出たのは、四時過ぎで、芝居小屋「嘉穂劇場」に着いた時には、夕暮れが近づいていた。筑豊には、大小二十近くの芝居小屋があったが、もっとも立派な劇場は、飯塚の嘉穂劇場だった。客席は千二百で、石炭景気に沸く飯塚周辺の炭鉱労働者とその家族が歌謡ショーや演劇を楽しんでいた。地方の芝居小屋だが、美空ひばりや岡晴夫、菅原都々子、藤山一郎など当時のスターが続々来演していた。

嘉穂劇場の前に着くと大勢の家族連れらが切符を買い求めようと集まっていた。千蔵も列の中に割って入って入場券を買おうとしたが、すでに満席で入場券は一枚も残っていなかった。田端義夫といえば、当時大人気の歌手で、当日券など買うのは難しかったのだ。千蔵が加奈に、買えなかったことを伝えた。

「加奈さん。残念だけど、入場券は売り切れだったよ。また今度来ようよ。ちょっと甘かったね」

「千蔵さん。いいよ。人気者の歌謡ショーだもん、仕方ないよ」

晴海も残念そうな顔つきだが、セーラー服の包みを抱きしめて黙っていた。千蔵が自転車を出してきて、三人で乗ろうとした時、大声で千蔵の名前を呼ぶ声がした。

「千蔵さん。奥千蔵さんじゃないですか。どうしてこんなところにいるんですか」

大声を出しながら近づいてきたのは、田川の炭鉱主、麻木虎次郎の屋敷のお手伝いさんだった。六年ぶりの再会だった。

「あの時は、大変お世話になりました。お陰様で、その後、宮田町の炭鉱で平穏に暮らしております。すぐ娘も生まれまして、晴海といいます。そう言えば、あんなにお世話になったのにお名前もお聞きしていませんでした。申し訳ありません。あの時は虎次郎旦那の前で、緊張の連続でして、失礼をいたしました」

「あら、私は山田セツといいます。大した名前じゃありませんがね。晴海ちゃんはいくつになったのかな」

晴海は、右手の掌を広げた。

「そう、四歳なのね。可愛らしいわね。ところで何で嘉穂劇場に来てるんですか。あら、もう帰るんですか」

千蔵はストッパーで自転車を停めて事情を説明した。

「実は今日は宮田町から自転車でやって来ました。娘のセーラー服を井筒屋に買いに来たんです。そしてせっかく飯塚に来たんだから嘉穂劇場で歌謡ショーを見ようということになって、ここまで来たんですが、人がいっぱいで入場券も買えないので帰ろうとしてたとこなんです」

「まあ、そうだったの。でもあなた方、大人気の田端義夫のショーの切符は何週間も前から売り切れなのよ。急に来ても無理だわ」

「そうですね。その辺がトンチンカンでした。もう今日は宮田に帰りますよ」

セツが少し思案して切り出した。

「ちょっと待って、劇場に知り合いがいるから聞いてみる。この劇場は、あなたたちが訪ねてきた麻木虎次郎の一族が持っているのよ。だから私も虎次郎の旦那さんに頼み込んで何度もここへ来ているのよ。だから任せて。ちょっと知り合いに話してみるから。ここで待っててね」

嘉穂劇場は大正十一（一九二二）年、かつて炭鉱景気に沸いていた頃に「修羅の町」と呼ばれた御幸町に大阪の中座をモデルにして麻木家が中心になって造った劇場だった。麻木一族は、炭鉱で働く人々に娯楽を提供したいと考えていたのだった。その建物は文化財として現在も飯塚の観光名所となっている。

セツが駆け足で近づいてきた。

「取れた。取れたよ。升席を一つ段取りしてくれたわ。ほら、これが、入場券よ。四人で一緒に見ましょう」

一度は、諦めかけていた歌謡ショーだが、実物の田端義夫が見られると、加奈もまるで若い娘のように飛び上がるほど喜んでいた。

四人が座った升席は、結構前の方でステージがすぐ近くに見えた。三人が見たこともない楽団員がずらりと並び、指揮者の振り上げたタクトで演奏が始まった。田端義夫が「おっす」と叫んでステージに現れると、会場から「バタヤン」と大喝采の叫び声と拍手が沸き起こった。一曲目は、昭和二十一（一九四六）年のヒット曲「かえり船」。

波の背の背に　揺られて揺れて
月の潮路の　かえり船
霞む故国よ　小島の沖じゃ
夢もわびしく　よみがえる

場内は大盛り上がりで、田端義夫の歌は「たより船」「玄海ブルース」「ロマンス航路」と海や島の歌が続く。千蔵も加奈も晴海も、初めての華やいだ舞台に、目を丸くして見ていた。

歌謡ショーは一時間半ほどで終わった。どの客も満足そうな表情で劇場を出て行った。

「セツさん。今夜はどうもありがとうございました。加奈も晴海も大喜びです。遅くなってしまいましたが、我々は、これから宮田に帰ります」

「今日は、あなた方に会えてよかったわ、虎次郎の旦那さんにも話しておきます。喜ばれると思います。ところで加奈さん。元気そうだけど、病気の方は大丈夫ですか。お産もあったしいろいろ大変でしょうが健康には気をつけてくださいね」

「はい、ありがとうございます。頑張り過ぎて草臥れることはありますが、千蔵さんが助けてくれますので大丈夫です。一番心配していたのは晴海の健康でしたが、まったく問題なく元気にしております」

「それはよかった。私も機会があったら、また宮田町に遊びに行きますよ」

三人はセツに別れを告げて、宮田へ向けて夜の道を走った。三人乗りの自転車は真っ暗闇のデコボコ道を右に左に揺れながら走った。後部座席の加奈は、セーラー服の入った袋を落とさないように、しっかりと抱えていた。

共同浴場と痣

炭鉱住宅には必ず、近くに共同浴場があった。男湯と女湯は、戦前は混浴だったが、戦後になっては別々に分かれた。男湯は炭塵だらけの鉱夫が使っていたので、浴槽の湯はいつも真っ黒になっていた。しかし、女湯は普通のきれいな湯だった。加奈の通っていたのは、近所の寿《ことぶき》湯の女湯だった。加奈が夕方、寿湯に入ろうとすると、突然、老女に声をかけられた。

「あんた。奥加奈さんかいな。久しぶりとね。相変わらずきれいだとね。わたしゃ皺まみれの婆あになってしもうたがよ。ところで最近は朝鮮人の陽嬉と仲がいいっていいろんな人から聞いたばい。あんたも変わりもんだがね」

声をかけてきたのは、かつて後山《あと》として坑内で石炭の掻き出しをしていた宮内トメだった。もう六十過ぎだが、大きな声は変わらない。

「私は昔、山に入っていた頃、あの朝鮮人と一緒だったんだよ。陽嬉は人がスラ《竹籠》で運んだ石炭を、こっそり横取りばしたんだよ。暗がりだったんで、何度も私のスラから石炭を盗んだんだよ」

トメが陽嬉のことを憎々しげに話した。

「トメさん。私も陽嬉さんからその話を聞いたけど、陽嬉さんのスラから石炭抜き取っていたのはトメさんで、文句を言ったらトメさんと仲間に殴られたと言ってましたよ」

トメの顔つきが、急に険しくなった。

「あの陽嬉め。まだ私の悪口言うとるとかね」

「トメさん。陽嬉さんは、そんな性質《たち》の悪い女性ではありませんよ。私は大好きです。もう彼女の悪口を言いふらさないでください」

炭住の噂では、トメの旦那が陽嬉に何度も言い寄っていたということで、まあ、どこでもあるたわいもない話だが、トメは色白の若い陽嬉をことあるごとに攻撃していたのだった。ハーモニカ長屋では、いわゆるトラブルメーカーだった。トメのいるところでは、常にトラブルが起きていた。

加奈が浴槽でゆっくりしていると、またトメが近づいてきた。後山で鍛えた体は、男のように骨ばっていた。長い坑内作業で上半身は炭塵のせいで、日に焼けたような色をしていた。

「加奈さんよ。あんた奄美だよね。でも色白いね。あんたの肌がうらやましいよ」

トメは、加奈の体を何かを確かめるように舐めるように見ている。

「あんた、意外と痣《あざ》が多いね。昔なんかの大病したとばい」

「もうやめてください。私は、アレルギー体質で、昔からすぐ皮膚が荒れるんですよ」

確かにトメが言うように、加奈の痣は小さいけど多い。しかし、体調がすぐれないわけでもないし、トメの言葉は忘れることにした。しかし翌日、トメは宮田町役場の保健係に、とんでもない密告をしていた。

加奈のハンセン病発覚

炭鉱住宅の路地に早朝、ジープが走ってきて、三人の白衣の県職員が飛び降り、部屋を訪ねてきた。職員が大声で「おはようございます。奥加奈さんはいますか」と呼びかけた。台所から、加奈が手を拭きながら玄関へ出てきた。

「はい、私が奥加奈ですが。何か御用ですか」

「私は、福岡県保健衛生部の山下と申します。ちょっとお伺いしたいことがあって参りました」

白衣姿の職員を見て、加奈はドキッとした。一瞬、「まさか」と呟《つぶや》いた。

「奥加奈さんですね。昭和二十（一九四五）年三月に鹿屋の星塚敬愛園から逃げ出した西加奈さんに間違いありませんか」

加奈は嘘をつく気はなかった。

「そうです。その通りです。でも病気はもう治ってます。今は家族三人で元気に暮らしていますから」

平静を装っていた加奈が動揺し始めていた。晴海が心配そうに駆け寄ってきた。

「晴海は向こうに行ってなさい。お母さんは、ちょっとこのおじさんと大事な話があるからね」

山下係官は、何か書類のようなものを出して話し出した。

「実はこの近所に住んでいる、ある婦人があなたの背中に、不審な痣があると言ってこられたんです。それであなたの本名を炭鉱事務所で調べてみたら、敬愛園にいた西加奈ということが分かったんです。とりあえず今日、検査をさせてもらえませんか。検査官は二人連れてきています」

「えっ、こんなところで検査ですか」

「簡単な検査です。すぐ終わりますから」

加奈の体調は問題なかった。しかし、内腿と背中の痣が、少し気になっていたことは確かだった。山下係官が少し命令口調で検査を促した。

「ちょっと背中を出してもらえませんか」

加奈は上着を脱いで、下着のシュミーズをまくり背中を見せた。検査官が注射針のような突起した器具を出してきた。それを背中のあちらこちらに、少しだけ刺しているようだった。

「痛いと感じたら痛いと言ってください」

検査官は、まず痣のない部分をゆっくりと、何カ所か軽く刺していた。その度に加奈は痛い、痛いと告げていた。しかし肝心の痣の部分では、加奈は痛みを感じなかった。痣の中を何度つついても痛みの反応はなかった。

検査官が何やら小声でささやき合っている。しばらくして山下係官は強い口調で告げた。

「奥加奈さん。あなたのハンセン病の症状は悪化しているかもしれません。我々は法律に基づいて貴方を強制収容いたします。明後日、県のトラックが参りますので移動の準備をしておいてください。六年前、鹿児島の療養所を無断脱出し、ハンセン病患者のあなたが一般社会で生活していたのは非常に重大な問題です。わが国では『癩予防法』の下、全ての患者は療養所に収容されております。あなたの行動は、明らかに規則違反であり、違法行為でありますから。我々の指示に従っていただきます」

加奈は恐怖と不安で目が眩むようだった。今にも泣き出しそうであった。その時、千蔵が仕事を終え帰ってきた。加奈の落ち込んだ様子を見て驚き、県の職員に聞いた。

「あなた方はどこから来たんですか。一体何が起きているんですか。加奈、なんで泣いているの」

県の係官は、千蔵に対し全てを説明した。千蔵が急に怒り始めた。

「そんな。加奈は子どもも産んで元気に生活しているんだ。なんで今さら強制収容なんて話になるんかね」

「奥千蔵さん。これは癩予防法という法律で決められていることなんです。あなたがどう主張しても法律は曲げられません」

「私たちは、家族三人で誰にも迷惑かけるでもなく静かに、幸せに暮らしているんです。なんであなた方に我々家族を引き裂くような権限があるのですか」

千蔵の声があまりにも大きすぎたので近所の人たちも集まってき始めた。

「何度も言ってますが、我々は法律に従っているだけなんです。法律がある以上は勝手な行動は許されません。それが法治国家の当たり前のことだと思います」

千蔵の顔が真っ赤になり始めた。握り拳に力が入っているのが分かった。

「そこまで言うなら、法律が悪いんだ。癩予防法なんて、世界のどこにもない悪法なんだよ。誰がこんな馬鹿な法律を作ったのか知らんが、ＧＨＱもおかしいよ。民主主義を重んじるならこの人権蹂躙の悪法から手を付けるべきだったんだ」

「我々は、できるだけ丁寧に説明したつもりです。もしあなた方が我々の指示に従わないなら、福岡県警が出動して手錠をかけての執行という最悪の結果になりますが。それでもよろしんですか」

県職員の強硬な態度に、千蔵がしばらく考え込み始めた。しばらく経って千蔵が口を開いた。ズボンの裾をめくり上げ、足首を見せながら話し始めた。千蔵の足首が赤くただれている。

「山下さん。この足首を見てください。この痣は、実は最近までなかったんです。徐々に赤く広がっています。もしかしたら私もハンセン病かもしれません。どうか私も療養所に収容してください。もしハンセン病だったら近所の人たちに感染してしまうかもしれません。私も療養所に連れて行ってください。もし他の人たちに病気がうつったら、全てはあなたの責任です。あなたたちが患者を見落とし、感染が広がれば、あなた方の責任です」

千蔵の声は次第に大きくなりハーモニカ長屋中に響きわたっていた。足首の傷は十年ほど昔、大熊の山の中でハブに咬まれた傷跡だった。噛まれたあとの処置がまずくて、化膿してしまい、痣だらけの足首になったのだった。山下係官が、二人の検査官とヒソヒ話をし始めた。千蔵はまだ喚きたてている。しばらくして山下係官は告げた。

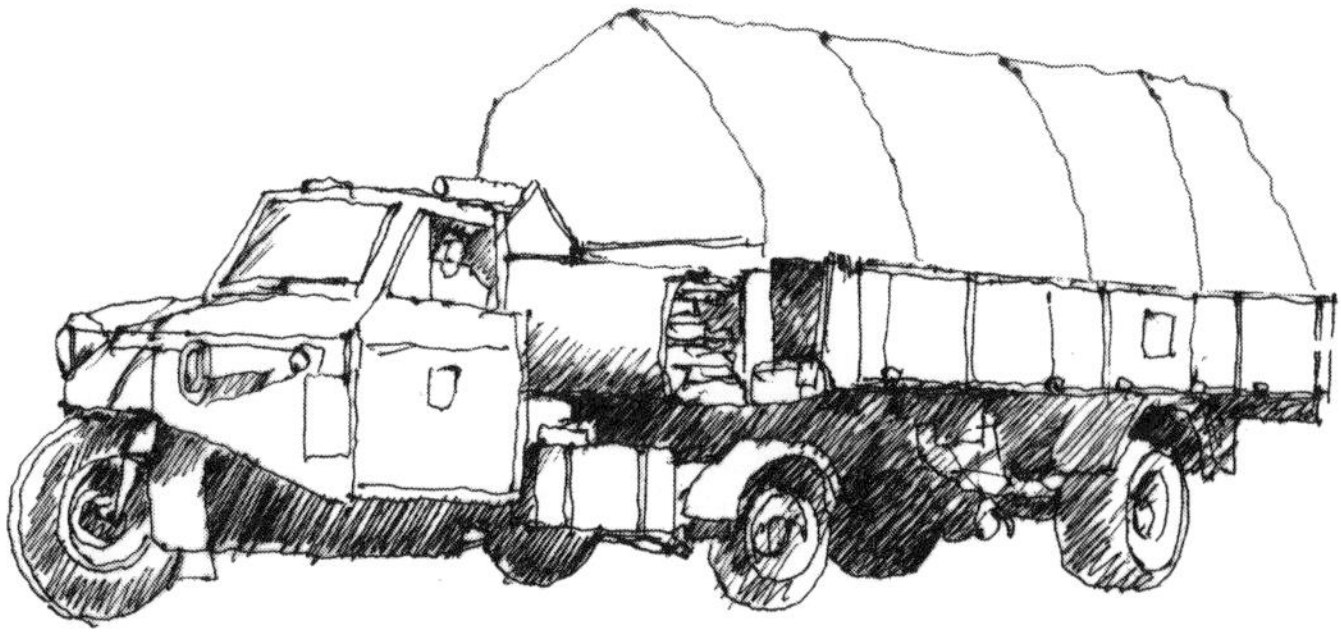

強制収容トラック

「分かりました。療養所へは家族三人で行っていただきます。それで納得してください」

山下係官も千蔵の足首の傷は、ハンセン病とは関係ない痣と分かっていたが、家族三人が引き裂かれる過酷さに同情したのだった。

「それでは、明後日の朝、県のトラックが参ります。それまでに、すべてを片付けて移動の準備をしておいてください。よろしくお願いいたします」

六年近く楽しい幸せな日々を過ごした宮田に別れを告げなければならない。しかし、三人が一緒に暮らしていけるのなら仕方ないと、千蔵は考え直した。千蔵も加奈も宮田に未練はあったが、療養所行きを決心したのだった。

加奈のハンセン病が発覚したことで家族三人は、熊本の菊池恵楓園へ送られることになった。終戦の年に筑豊にやって来てすでに六年経った。その間に家族も増えた。長女の晴海も四歳になった。これから家族三人で、筑豊で楽しく暮らそうと思っていた矢先、加奈の病気が県衛生局に分かってしまった時点で、すべての計画は消えてしまった。

六年間住み慣れた炭鉱住宅の家財道具を、全て隣り近所に譲ってしまおうと考えた。近所の何人かはまるで汚いものでも扱うように、要らないと冷たい返事が返ってきた。ほとんどの生活用品は朴陽嬉さんが引き取ってくれた。部屋の片づけが終わって、がらんとした部屋で三人が黙り込んで座っていると、県の保健担当者が数人やって来た。まるで犯罪者に命令するような口調で係官が大声を出した。

「三人とも部屋を出なさい。これから消毒作業に入ります。何ひとつ部屋に残さないように。間もなく県のトラックが来て、小倉駅に運びます。小倉駅で患者輸送列車に乗りなさい」

数日前までは筑豊でのさまざまな夢を見ていた千蔵だったが、すべてが崩れ去る無力感に襲われた。泣きたくなるような気持ちだが、自分が泣いてしまえば家族に不安を与えるだけだと、気を取り直していた。ぬいぐるみを抱いた晴海が千蔵に話しかけた。

「お父さん。晴海はここにいたい。お友達と別れるのはイヤ」

「晴海の気持ちはよく分かるよ。お父さんもおんなじ気持ちだよ。でもこれは規則で仕方ないんだよ。また新しいおうちに三人で住もうね。友達だって、すぐできるよ。新しいところは、もっと楽しいかもしれんよ」

加奈は涙をこらえながら晴海を抱きしめていた。近所で一番仲の良かった朴陽嬉さんが駆けつけてくれた。

「加奈さん。気をしっかり持って、熊本でも頑張って生きてくださいね。私はあなたの病気のことは何とも思っていませんから。ここでは何にも問題なかったし、日本人の中で一番優しかったあなたがいてくれたから、私も頑張れたんだから。病気が治ったら、帰ってきてね。私が訪ねて行ってもいいわよ。絶対、手紙くださいね」

加奈と陽嬉は涙をこらえながら抱き合っていた。突然、大きなエンジン音を響かせながら二トントラックがやってきた。荷台には幌《ほろ》がかけられている。

「さあさあ、三人ともトラックに乗りなさい。急いで急いで。小倉の列車に間に合わなくなってしまうよ」

まず千蔵がトラックの荷台に乗って、晴海を荷台に引き上げた。荷台が高すぎて加奈はなかなか乗ることができない。しかし、県の衛生担当者は誰も手伝おうともしない。感染を恐れていたのかもしれない。それを見た千蔵が素早く荷台から飛び降りて、加奈の体を力任せに押し上げて、やっと三人は荷台に落ち着いた。

荷台にはロープが一本置いてあるだけで、敷物も何もない。デコボコ道で揺れて、落ちないように運転席のすぐ後ろの鉄柵を千蔵と加奈が握りしめた。千蔵の膝に晴海を乗せて、何とかバランスが取れるようになった。

トラックはやっと動き始めた。幌の隙間から外が見えた。ハーモニカ長屋の、空き家になった部屋の消毒は近所の人々が見守る中、すでに始まっていた。屋根も窓も真っ白になってしまうほど、徹底した消毒作業が続けられていた。千蔵は大げさな消毒作業から目をそらした。三人が幸せに暮らしていた生活の場が真っ白の粉を吹きかけられ、変わり果てているところを見たくなかった。その消毒作業は、近所の人々に病気の恐怖感や差別感を押し付けているようでもあった。

勢いよく走りだしたトラックの荷台からは、毎日通った炭住購買部や共同浴場、それにボタ山や竪坑がまるで別れを告げるように後から追いかけてくるようだ。小倉までの道路は舗装されていないところも多く、三人とも荷台から飛び出すのではないかと思うほど激しい揺れだった。

晴海は時々けらけら笑いながら楽しそうに飛び跳ねていたが、千蔵と加奈はまったく先の見えない旅に何とも言えない不安感に揺さぶられていた。飛び跳ねる晴海のはしゃぐ声が、悲鳴のような悲しい音に聞こえてきた。

トラックは二時間ほど走って小倉の街中に入ってきた。筑豊の宮田と違って、小倉は人も多く華やいだ感じだった。空襲による焼け跡も目立ったが、徐々に復興している様子も感じられた。北九州の工業地帯は、朝鮮戦争の特需景気もあってか、街を歩く人々の表情まで活気に満ちている感じがした。

トラックは小倉駅に到着した。小倉駅といっても、正面より東にかなり外れたところに停められ、三人はトラックから下ろされた。三人とも二時間以上も荷台で揺られ、くたびれ果てていた。晴海が突然、トイレに行きたいと言い出したが、駅の東の外れにはトイレなど、どこにも見当たらない。

千蔵が係官に声をかけた。

「すみません。娘がトイレに行きたいと言ってるのですが、トイレはどこにありますか」

「一般の客のトイレは、中央改札のすぐ横にあるけど、患者用のトイレは患者専用列車の中にあるのでそちらを使いなさい」

係官の不愛想な言い方に千蔵が噛みついた。

「うちの娘は、患者ではありません。トイレぐらい使わせてやってくださいよ。小さな女の子が二時間もトラックの荷台に積まれていたんですよ」

「仕方ないです。規則ですから。患者とその家族の使用できるトイレは、患者専用列車

患者移送列車

の中だけです。これから列車に乗ります。白衣の係官についいて行ってください」

トラックから十メートルほど離れた地点からホームまで二本の荒縄が張られ、仮通路がつくられていた。白衣の係官の後をついて行ったが、通路は完全に一般客と分けるためのものだった。ホームに上がると、やはり患者の通路を示す、太い白線が二本引かれていた。患者移送列車は八両編成の最後尾の一両だけで、普通車輌の客が大勢じっとこちらを見ている。口を両手で塞いで、怖そうな表情で見ている婦人もいる。千蔵と加奈は次第にみじめな気持ちになっていった。

患者移送の客車の横には、赤い大きな字で「らい病患者移送列車」と書かれ、窓は全て目張りされていた。この列車のことを患者たちは、自虐的に「お召し列車」と呼んでいた。

加奈は小倉駅到着直後からうつむき加減になっていた。自分の病気で、家族にみじめな思いをさせているのが辛いのだろう。千蔵が加奈に声をかけた。

「加奈よ。元気出そう。列車が走りだせば、何も気にすることはなくなるよ。熊本に着いたら新しい生活が始まる。熊本の菊池恵楓園には奄美の人も多いと思う。また新しい友達も、きっとできるよ」

三人が列車に乗り、客車内に入るとすでに五人の患者が乗っていた。全員押し黙っている。窓はふさがれ、外からも中からも見えなくなっている。千蔵ら三人が席を決め、座ろうとすると、患者たちが三人をじっと見つめている。顔に症状の出ている患者もいた。包帯を足に巻きつけた松葉杖の患者もいた。

加奈は自分自身がいつかはあんな風になるのかと悲観しているようだった。加奈の沈んだ表情を見た千蔵は、そっと声を潜めて囁いた。

「加奈、元気だせよ。たとえ加奈がどんなになっても、どこへ行こうとも、一緒だからね。三人はバラバラにはならんよ」

「千蔵さん。ごめんなさい。私の病気のせいで、千蔵さんや晴海にもみじめな気持ちにさせてしまって」

「加奈、またゆっくり話すけど、この病気に対する日本人の考えは異常なんだよ。まるで犯罪者扱いだよ。世界のどこに行っても、こんな異常な病気差別はないんだよ。いつか将来、根拠のない、こんな馬鹿げた差別はなくなるとは思うけど、ずいぶん先のことになるかもしれない。でも家族三人が一生懸命生きていれば、それでいいじゃないか。我々よりもっと悲惨な人生を歩かされている人もいるはずだ。我々はまだいい方かもしれないと思って生きようよ」

「そうね。そう思うしかないわね」

列車がゆっくりと小倉駅を出発した。小倉から熊本までは約六時間はかかる。列車の中で千蔵は六年前を思い出していた。鹿屋の施設から逃げ出した二人が、新天地を求めて日豊本線に乗っていた時を思い出していた。

あの時は、度々空襲を受けながらの命がけの列車の旅だった。しかし、二人で新しい生活が始まるという希望に満ちていた列車の旅でもあった。しかし、今の鹿児島本線の列車の旅は、療養所への逆戻りの旅になった。すべてが振り出しに戻ってしまうような辛い夜汽車の旅でもあった。賑やかだった小倉の街の灯りが少しずつ小さくなって、列車は暗闇の中を進んでいた。

第四章　熊本

熊本・菊池恵楓園へ

列車は、久留米、大牟田を通過して明け方、熊本に到着した。到着して駅のホームに降り立つと、すでに菊池恵楓園から係官が来て待っていた。

「皆さん。おはようございます。長い列車の旅、お疲れ様でした。菊池恵楓園の首藤と申します。皆さんには、あちらに停まっている、園のバスに乗っていただきます。ここから一時間ほどで恵楓園に到着いたします」

バスはボンネット型の古いバスだが、晴海は初めての体験に遠足気分でバスに乗った。列車もバスも晴海にとっては初めての経験で、子どもらしく窓にしがみついて楽しそうにしていた。逆に加奈は楽しかった炭住生活のすべてを失った悲しさからまだ抜け切れていなかった。

熊本市の北に標高百メートルほどの黒石原《くろいしばる》と呼ばれる原野が広がっている。晴れた日には阿蘇の外輪山を眺めることもできる広大な土地である。一部は農地にもなっているが、内陸性の気候で、夏は暑く、冬は氷点下の日が多く、耕作地には適していない土地だった。この広大な土地に大規模なハンセン病療養所建設の計画が持ち上がったのは、明治末期のことだった。

明治三十三（一九〇〇）年、日本で初めてのハンセン病患者の実態調査が行われた。初の調査で、全国の患者数は三万人であることが分かった。中でも熊本県は二千七百六十五人と全国で最も患者の多い県であった。この実態調査を受け明治政府は明治四十（一九〇七）年に「癩予防ニ関スル件」という法律を初めて公布し、ハンセン病対策を本格化したのだった。

そして昭和六（一九三一）年には、ハンセン病患者を強制収容できる「癩予防法」を公布した。これを受け、各県も「無らい県運動」などに取り組み、市民の通報による患者の発見、そして官憲による強制収容に繋がっていった。いわゆる患者の人権を無視した「患者狩り」が始まった。日本が世界の一等国を目指す中、国民の多くが誤った方向に走り出してしまったのだった。

太平洋戦争突入前年の昭和十五（一九四〇）年七月九日の早朝、熊本県警は浮浪ハンセン病患者が集まっていた本妙寺周辺で一斉強制収容に踏み切った。二百人を超える警官と衛生係官が八十カ所の小屋から患者たちを追い立て、莚《むしろ》を敷いたトラックに乗せたのだった。まさしく患者狩りのありさまだった。結局、この日は非感染者を含む百五十七人が収容された。その後、患者たちは地元の菊池恵楓園や鹿児島の星塚敬愛園など全国のハンセン病療養施設に送られた。

千蔵ら三人を乗せたバスが菊池恵楓園に到着した。長くてぶ厚い壁で囲まれた恵楓園事務棟の中で、三人の入所の手続きが始められた。園側の説明では、千蔵と加奈は患者棟の夫婦舎に入ることになるが、感染していない晴海は少し離れた場所の未感染児童の入る龍田寮に入らなければならないと言われた。三人で一緒に療養生活を始める見込みが外れてしまったのだった。

問題は、晴海が一人で龍田寮で生活できるかどうかだった。まだ四歳になったばかりの晴海を母親から引き離さなければならない。千蔵は園側に交渉した。

「龍田寮のことですが、娘の晴海はまだ四歳で別々に生活するというのは無理です。しばらく一緒にいても構わないでしょうか」

「それはできません。娘さんは未感染児童です。夫婦舎にいて感染してしまえば、療養所としては大問題になります。園の規則に従ってもらわなければ困ります」

加奈は四歳の娘と引き裂かれるのなら、恵楓園から逃げ出してしまいたいくらいに衝撃を受けた。それを見た千蔵は、さらに園側に懇願した。

「しかし、我々三人は、これまで筑豊で一緒の部屋で暮らしていました。でも娘は感染することもなく、何の問題もなく暮らしてきました。どうか一週間でも二週間でも、親子三人で一緒に暮らすことができないんでしょうか」

「この療養所に入った限りは、規則に従っていただきます。他の未感染児も、そうしていますよ。最初は娘さんも寂しいでしょうが、龍田寮へ行けば友達もたくさんいるのですぐ慣れますよ」

押し問答がしばらく続いて、二人はもう一緒に住むことを諦めかけていた。加奈が腰をかがめて、晴海の手を取って話しかけた。

「晴海、よく聞いてね。父ちゃんと母ちゃんは、特別の部屋に行って、晴海ちゃんは同じような友達のいるお家に行くんよ。しばらく別々だけど頑張れるかな」

晴海が泣き出しそうな顔で大声を出した。

「イヤだ。父ちゃん、母ちゃんと一緒じゃないとイヤだ」

「晴海、父ちゃんと母ちゃんは病気なの。だからお医者さんに診てもらわなければならんのよ。病気が治るまで別々のお家に住まなければならんのよ。分かってね。病気が治ったら、また一緒に住めるから、それまで我慢してね」

加奈の説得はしばらく続いたが晴海の悲しそうな表情は変わらなかった。

係員を説得し、とりあえず三人で龍田寮に行って、晴海の様子を見ようということになった。夫婦舎から龍田寮までは高い樹木の間を抜け、高い壁の真ん中にある鉄の扉を開けなければならなかった。壁を抜けて五十メートルほど歩くと龍田寮の玄関にたどり着く。

玄関の前に大きな泉水があり、周りにはたくさんの花が植えられていた。泉水の中には、晴海が見たこともない見事な錦鯉が泳いでいた。建物は立派な洋館建てで玄関も美しく整えられていた。玄関に入ると、突然、晴海と同じくらいの女の子が三人、楽しそうに笑いながら出てきて大きな声を出した。

「こんにちは。いらっしゃい。あなたのお名前は」

晴海がもじもじしていると、加奈が答えた。

「この子は、奥晴海っていいます。よろしくね」

女の子三人が順に答えた。

「私、石井知恵です。よろしく」

「私は、林咲江です。晴海ちゃん。よろしくね」

「私は、倉田節子です。晴海ちゃん。よろしくね。さあ、入って入って、お部屋に行こう。おんなじお部屋なんだよ」

晴海のこわばっていた表情が少し緩んできた。まるで嘘のような変わりようだった。三人の女の子は晴海の手を引いて、女子部屋の並んでいる東棟に続く廊下を走っていった。女子部屋は八畳ほどの広さで五人部屋だった。日本のハンセン病対策に尽力した英国人宣教師のハンナ・リデル女史は、私財をつぎ込んで、未感染児童のための龍田寮を建設した。彼女が自ら設計し建てられた瀟洒な洋館風の建物だった。

龍田寮の三人の女の子は、晴海の使う予定の机やイス、本棚を次々に説明していった。晴海のための小さなベッドも用意されていた。今まで見たこともないきれいな机やベッドを前に晴海の頭のなかから、千蔵と加奈と一緒に暮らすことは少し薄れかけていた。姉妹のいなかった晴海にとっては、明るい三人の笑い声が、温かい家族の姉妹のように思えた。

晴海は部屋に入ったまま玄関になかなか出てこない。ほっとした玄関広間の千蔵は加奈に語りかけた。

「ちょっと寂しい気もしてきたが、これでいいんだ。加奈も晴海と別れて寂しいかもしれんが、すぐ慣れるよ」

「そうね。近くだからまたすぐ会えるし。晴海が、元気に生きていけるならそれでいいかも。ちょっと巣立ちが早すぎたんだと考えるよ。でも子どもって強いんだね」

結局、晴海は、玄関先の二人の前には戻ってこなかった。晴海の龍田寮での新しい生活が始まり、夫婦二人の新しい挑戦も始まった日だった。

その後、晴海は友達に秘密の道を教えてもらい、度々千蔵と加奈のいる夫婦舎に通うようになった。もちろん療養所の規則では認められない訪問だが、係官も見て見ぬふりをしていたのかもしれない。夫婦舎に晴海が行くと、加奈はご馳走を用意し、三人で一家だんらんの時を、こっそりと過ごしたのだった。

未感染児童通学拒否問題

いろいろ大変なこともあったが、晴海はやっと小学生になるまでに成長した。母親似で大きな瞳の少女になっていた。未感染児童のための龍田寮での生活も慣れてきた晴海は、一か月後の四月から、地元の黒石小学校に入学する予定だった。それまでは、一部保護者の反対もあって、龍田寮から黒石小学校への通学は認められていなかった。

しかし、菊池恵楓園の宮崎園長の文部省への働きかけで、通学が認められるようになっていた。宮崎園長は、未感染児童の教育の機会均等を関係機関など各方面に強く訴

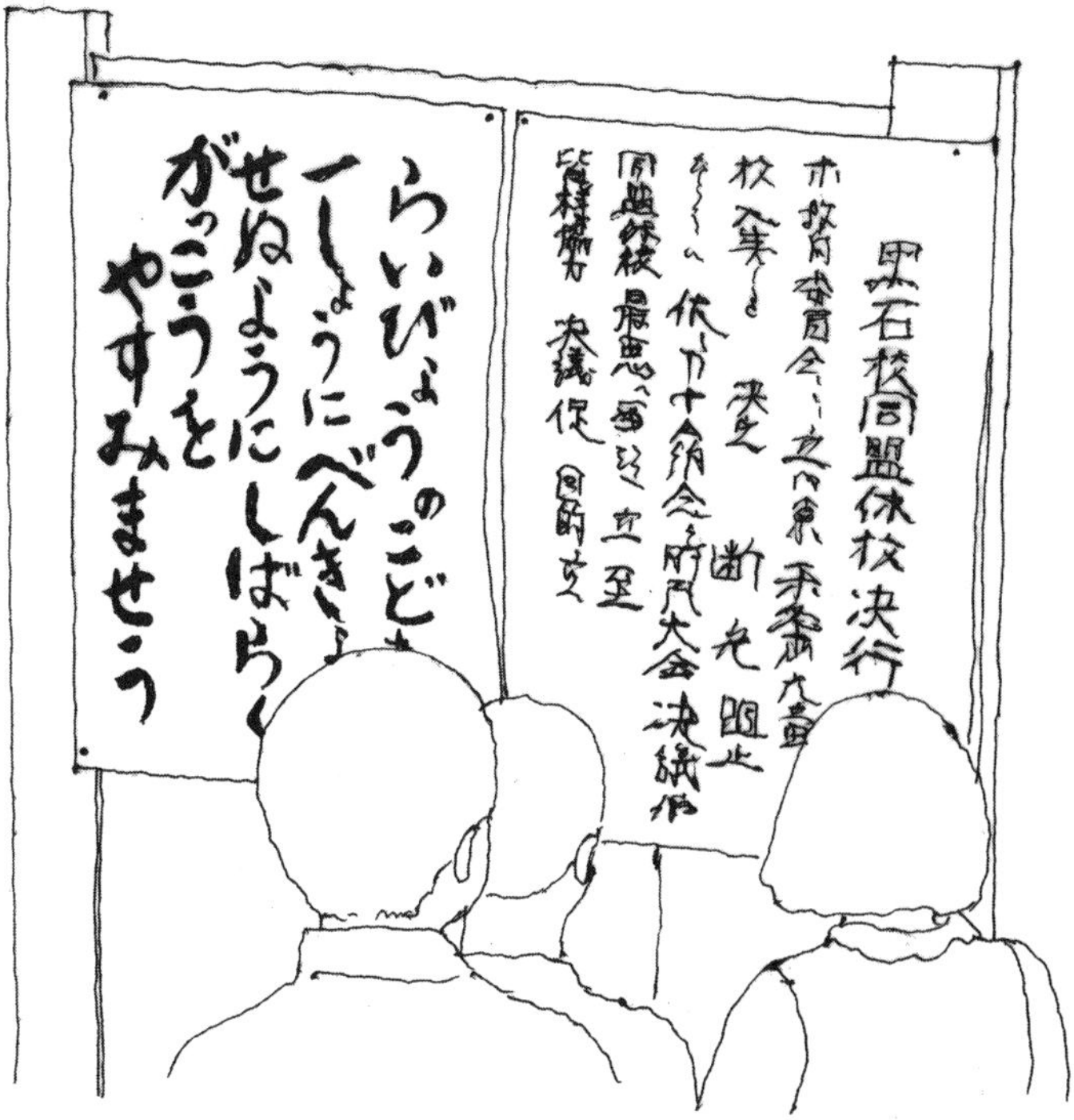

黒石小学校事件

えかけ通学が可能になったのだった。

黒石小学校へ入学予定の晴海に、加奈は、飯塚の井筒屋で買ったセーラー服を引き出してきた。

「さあ、晴海、黒石小学校へ通うセーラー服だよ。少し大きいかな」

晴海が嬉しそうに制服の袖に手を通し、真新しいランドセルを背負って千蔵の方に向いた。

「おおっ。立派な小学生だ。父ちゃんは、うれしいね。晴海が小学生だなんて」

晴海が長い袖をブラブラさせながら
「父ちゃん。手が出ないよ。これ、大きいよ」

加奈が楽しそうな表情を浮かべている。

「母ちゃんが少し短くしてあげる。どうせすぐ大きくなるんだから」

「そうだよ、晴海、しっかり食べて、そのセーラー服が小さくなるほどに成長するんだよ。さあ、もっと食べらんば」

ちゃぶ台の上には加奈が茹でた、ふかし芋が盛られていた。千蔵が一番大きな芋を晴海の口元に運んだ。

「お父さん。そんな急に食べても、お腹の調子を悪くするだけよ。晴海がそんなに急に大きくなるわけでもないし。晴海。さあ、袖を短くしてあげるから脱ぎなさい」

筑豊の宮田町から強制収容された日から、すでに二年が過ぎた。三人とも療養所の生活にやっと慣れてきた。この頃の菊池恵楓園には、九州各地から千五百人以上の患者が収容されていた。園内では、さまざまな文化活動やスポーツ大会も実施されるなど、戦前の療養所の閉鎖的な空気とは違っていた。この頃、アメリカで開発されたハンセン病治療の特効薬プロミンの接種が始まり、病状を奇跡的に回復させる患者も出てきた。

特効薬の効果は広まり、外部からの奉仕団体の慰問も相次ぎ、一部でハンセン病差別はなくなりつつあると言われ始めてはいたが、熊本での現実はそうでもなかった。

晴海の入学式の前日、龍田寮前の道路に、急に五十人ほどの黒石小学校の保護者が集まり、ハンドスピーカーを使って怒鳴り始めたのだった。

「龍田寮の生徒さん。黒石小学校への通学を私たちは認めません。龍田寮の生徒はハンセン病に罹っているかもしれません。私たちの子どもに病気をうつさないでください。黒石には通わないでください」

ハンドスピーカーの大音量の声が龍田寮の中まで聞こえた。晴海は何が起きているのかは分からないが、何か恐ろしいことが起きていると感じていた。

昭和二十九（一九五四）年四月八日朝、龍田寮の子どもたちが、期待に胸を膨らませ黒石小学校に向かった。晴海も真新しいランドセルを肩にかけ、龍田寮から五キロほど離れた黒石小学校を目指した。道は長い下り坂で満開の桜の下を楽しそうに歩いて行った。そして黒石小学校の正門前にくると、大変な事態になっていた。大勢の児童が、大きな張り紙の前に集まっていた。

張り紙には、黒い墨で一斉休校の通告文が書かれていた。

　らいびょうの　こどもと一しょ《いっしょ》うに　べんきょうせぬように　がっこうを　やすみませう

龍田寮の未感染児童二十三人の通学反対を掲げる保護者による大きな張り紙だった。正門前で張り紙を見上げていた晴海は事態が呑み込めなかったが、上級生の女の子が何人か泣いているのを見て、晴海自身も何か悲しくなってきた。

その日の朝は保母とはしゃいでいた晴海だったが、結局、龍田寮の他の小学生と一緒にトボトボと寮に帰るしかなかった。龍田寮まで帰ってくると、門の前にまた数台の自転車がとまっていて、スピーカーを手にした男性が大音量で叫んでいた。

「龍田寮の子どもは黒石小学校へ行くなー。癩病の子どもは寮の分校で勉強しろー」

「龍田寮の子どもは来るな。我々の子どもに病気をうつすな！」

晴海の手を引いていた龍田寮の保母がたまらず、スピーカーの男性のそばに行き大声で抗議した。

「あなた方は、どんな考えで叫んでいるのですか。子どもたちの前で大騒ぎするのだけは止めてください。この子どもたちは、元気な普通の子ども達です。今日の入学式を長い間楽しみにしていたんです。法務省も、厚生省も入学には何の問題もないと言っています。あなた方の行動は、医学的にも人道的にもおかしい行動です。すぐやめてください」

一番大きな赤いスピーカーを持った男性が保母ににじり寄ってきた。

「あんた、我々が何で大騒ぎしてるか分かってるだろう。私たちは、健康な八百人の児童をハンセン病の感染から守ろうとしてるんだよ。自分の子を思う親なら当然のことだろう」

男はスピーカを振り回しながら保母に接近してきた。保母は引き下がらず強い言葉を男に投げかけた。

「それは病気に対するあなた方の無知からくる差別です。児童は全員、熊本大学の皮膚科で検査し、異常なしという結果だったんですよ。あなた方の運動は間違っています」

「たった一回の検査で非感染と言えるんかね。もっともっと何十回も検査して、一〇〇パーセント完全非感染ということが証明されない限り、我々は反対運動を続ける」

「あなた方は、子どもを守る、守ると言ってますが、入学を拒否された子どもたちの教育を受ける権利は守る気がないのですか」

保母と保護者との激しいやりとりは、一時間以上続いた。千蔵は、このやり取りを少し離れた場所から見ていた。今にも泣き出しそうな晴海の手を引っ張ってきたかったが、表向き感染療養中の自分が出て行けば騒ぎが大きくなると思い、じっと堪えていたのだった。


黒石小学校事件については、菊池恵楓園の宮崎松記園長が熊本地方法務局に未感染児童の通学拒否は差別だと訴えたことが発端となった。昭和二十八（一九五三）年、旧来の「癩予防法」を改正し、患者の福祉を盛り込んだ「らい予防法」には「患者及びその家族を差別してはならない」という条文が取り入れられた。宮崎園長は、この改正されたらい予防法を根拠に、通学許可を訴えた。

また、黒石小学校の一部の通学賛成派の保護者も、昭和二十九年九月、国会に対し通学を認めるよう陳情したのだった。参議院文部委員会で参考人聴取が行われた。宮崎園長ら通学賛成派三人、ＰＴＡ会長ら反対派二人が参考人となった。しかし文部委員会が明確な判断を示さなかったため、黒石小学校での通学問題は振り出しに戻されてしまったのだった。

千蔵は恵楓園の園長室に向かった。宮崎園長の真意を確かめたかった。ハンセン病患者のことを真剣に考えているかどうか、千蔵自身で確かめたかった。千蔵が園の許可をもらって園長室のドアを叩いた。

「どうぞ入ってください」

中から低い声が返ってきた。

「入所者の奥千蔵です。本日は面会いただき、ありがとうございます」

「さあ、どうぞそこへ腰かけてください」

千蔵が黒い応接イスに腰かけると。

「奥さん。今日はどんな話ですか。娘さんの黒石小学校通学についてですか」

「そうです。私の娘は新しいセーラー服を着せてもらい、希望に胸を膨らませ黒石小学校へ行きました。しかし結局、小学校の中へは入ることができず、帰ってきました。龍田寮の前にはスピーカーを手にした大人たちが、騒いでいました。そして私の娘に向かってハンセン病の子どもは学校へは来ないようにと、乱暴な言葉でどなりちらしていたのです。娘は泣きながら寮へ帰ってきました。未感染の子どもにとっては実に残酷な仕打ちです」

「そうですか。ひどい話ですよね。正論で言わせてもらうと、ハンセン病の子どもたちが家庭内感染していなければ、普通の小学校へ通わせ教育を受けさせるべきです。私も教育は機会均等であるべきだと考えています。親がハンセン病であっても子どもは教育を受ける権利があると考えています。しかし、社会の壁は予想以上に厚かったのです。病気への強い偏見は、昔と変わっていませんでした。でも私は子どもたちの通学を諦めたわけではありません。長い時間がかかるかもしれませんが、少しでも多くの人々に理解を求めていくしかないのかもしれません」

「園長さん、ではうちの娘は諦めるしかないということですか」

その後、この黒石小学校事件は二転三転し、こじれにこじれた。この事件がきっかけで晴海ら龍田寮の児童は、ふたたび龍田寮分校での授業に戻ってしまった。この事件は全国にも伝えられた。全国のほかの五地区でも未感染児童の通学があったが、反対運動が起きたのは熊本の黒石小学校だけだった。

この事件があって、晴海の母親に対する態度が急変してしまった。加奈が晴海に話しかけても無視するようになってきた。

「母ちゃんは嫌い。あっちへ行って。病気がうつる」

幼い晴海の口から次々出てくる母親を攻撃する言葉に千蔵のショックは大きかった。

「晴海、母ちゃんは病気なんだよ。そんなに言ったら可哀そうじゃない」

「いやだ、母ちゃんの病気がうつる。母ちゃんと一緒にいたら病気がうつる」

「晴海、父ちゃんは母ちゃんとずーっと一緒にいるけど、病気なんかうつってないよ。あんなに母ちゃんに大事にしてもらったのに、何てこと言うんだ」

晴海は手当たり次第に加奈に物を投げつけて、「来るな、来るな」と叫ぶようになってしまった。

晴海が龍田寮にいる間、夫婦舎で千蔵と加奈は毎晩話し合っていた。

「加奈、黒石事件以来、晴海はすっかり変わってしまったね」

「毎日毎日、スピーカーで病気がうつる、来るなって言われれば、子どもの心は傷つくよね。私の病気で何の落ち度もない晴海が傷ついてしまった。辛い。この病気の差別は本当にきついよ。死にたいくらいです」

「なんてこと言うんだ。お前が悪いんじゃない。この病気に対する社会の考えが間違っているんだ」

黒石小学校保護者の会の中でも、ハンセン病を正しく理解する保護者も増えてきた。しかし、地元出身の県会議員らを中心にした強硬な反対派は態度を変えなかった。結局、龍田寮の児童を熊本県下の複数の児童施設に分散収容し、龍田寮は廃止するということで、事件は鎮静化したのだった。


千蔵は、これ以上、晴海を母親のそばに置いとけば、晴海自身の性格が歪んでしまうのではないかと考え始めた。辛いことだが、加奈と晴海を引き離すことを考えざるを得なかった。

「加奈。晴美のことだが、奄美の親戚の家でしばらく預かってもらおうっち考えてるんだけど。晴海も大きくなったらいろんなことを理解できるようになるだろうが、今はお前を憎み始めている。これ以上一緒にいたら、晴海の性格が歪んでしまうような気がするんよ」

加奈は鹿屋の星塚敬愛園から逃げ出し、命がけで晴海を産んだ。そんな晴海のことが自分の命より大事だった。晴海のためなら、たとえ死んでもいいと考えるほど、晴海をいとおしく思っていた。

「えっ、家族がばらばらになるっちことなの。そんなのあり得ない残酷な話よ。千蔵さんだって分かっているでしょう。私は、命がけであの子を産んで、私の人生の夢や希望のすべてはあの子なのよ。それを引き裂くなら、私は生きていけない」

加奈は泣き崩れそうだった。そして病気を恨んだ。病気を厳しく差別する社会を恨んだ。

「お前の気持ちはよく分かるよ。しかし、このままだと晴海は本当にお前を憎むような、嫌な性格になるよ。それより奄美に返して親戚の人に大切に育ててもらった方がいいと思うんだけど。晴海も大きくなって落ち着いたら、お前のことを理解するようになるよ。だからしばらく奄美に返そうよ」

加奈が我慢できずいきなり大声で泣き出した。拳で畳をたたきながら大声を上げた。加奈が崩れるほど大泣きするのを、千蔵は初めて見た。

「なんでなんでこんなことになってしまうの。晴海を産んで、なんでこんなに苦しめられるの。誰が悪いの。病気になった私が悪いの。私が悪いのなら死んでしまいたい……。死んで、憎い病原菌も道連れにして殺してしまいたい……」

「加奈、お前は何も悪くない。ただ病気になっただけなんよ。悪いのは、病気になった人間を守ろうともしないで、苦しめ抜く社会が悪いんよ。お前はここまで頑張って、晴海を育てたんじゃないか。私はお前の強い心を尊敬しているよ。だから辛いけどもう少しだけ、もう少しだけ頑張ろう。世の中だっていずれは変わってくるよ。社会だって病気に対する考えを変えていくよ。それを信じて、これからも生きていこうよ」

加奈はまだ泣きじゃくっていた。宮田の炭鉱住宅前で撮った家族写真を手にしていた。千蔵が自慢の自転車を持ってき、セーラー服姿の晴海が加奈の横で緊張した表情で写っている。三人が揃って並んだ、たった一枚の家族写真だった。写真の上に加奈の涙が落ちた。

千蔵は恵楓園の外出許可を取って、晴海を鹿児島から奄美に連れて行くことになった。

第五章　奄美

奄美へ帰る父娘

千蔵は恵楓園から外出許可をもらって、晴海を奄美大島に連れて帰り、千蔵の弟の家に預けることにした。昭和二十九（一九五四）年秋、千蔵は晴海の手を引いて恵楓園を出て行った。加奈は別れ際、晴海に涙声で話しかけた。

「晴海。当分会えないかもしれないけど、体に気をつけて頑張るんよ」

晴海は、変わらず無表情だった。千蔵が晴海に声をかけた。

「晴海、母ちゃんとしばらくお別れなんだよ。母ちゃんに挨拶しなさい」

晴海は、何も言わず、下を向いたままだった。

「仕方ない子だね。加奈、それじゃあ行ってくるよ」

千蔵は晴海の手を引いて恵楓園の門から出て行った。二人の姿が見えなくなるまで、加奈は石門の前に立っていた。

あんなに素直で優しく笑ってばかりいた晴海なのに、黒石小学校事件以来、笑わなくなってしまった。あの事件のあと龍田寮の子どもたちは熊本県下の養護施設に引き渡され、ハンナ・リデルの思いが込められた龍田寮の建物も壊されてしまった。事件のあと、

奄美航路

龍田寮の子ども達も、千蔵一家も、バラバラに引き裂かれてしまったのだった。

鹿児島港で千蔵と晴海は奄美行きの客船「奄美丸」に乗船した。左に桜島の噴煙を見ながら、船は錦江湾をゆっくりと南下、奄美大島への航路を進んだ。出航して三時間ほどで、奄美丸は、種子島、屋久島を通過し、吐噶喇海峡に進んだ。この辺りからデッキを流れる風が一気に亜熱帯の生ぬるい風に変わってきた。

千蔵は、デッキのベンチに腰かけ海面をじっと眺めていた。千蔵の横には晴海がちょこんと座って、両足をブラブラさせている。その晴海に千蔵が話しかけた。「晴海が生まれるずっと前に、父ちゃんは小さな小さな船で、この海を渡って九州に渡ったんだよ。こんな大きな船じゃなかったから。大きな波を何度もかぶって、船が沈むかと思うほど揺れて怖かったんだよ」

「へーっ。なんでもっと大きな船に乗らなかったの」

「うーん。その頃は、戦争が始まっていて、小さい船にしか乗れなかったんだよ」

「へーっ。母ちゃんも一緒だったの」

「実は母ちゃんは父ちゃんの知らないうちに、島を出てったんだよ。だから父ちゃんは、母ちゃんを探しに九州へ一人で行ったんだ」

「そうだったんだ。母ちゃんだけ、一人で九州へ行ったんだね」

沖合を鹿児島に向けた大型客船が通り過ぎて行った。真夏と違って、秋の東シナ海の色は深い濃紺の海の色だった。千蔵が晴海の方を向き、改まった表情で話しかけた。

「晴海。父ちゃんが大事な話をするからね。よく聞くんだよ」

晴海もすでに七歳になる。少女っぽい感じに成長していた。

「晴海の母ちゃんは、まだ若い頃、ハンセン病という難しい病気に罹ってしまい、鹿児島の療養所に入れられたんだよ。その病気は難しい病気で、時々、人にうつることもある病気なんだよ。だから、療養所に入ると赤ちゃんがつくれなくなるんだよ。それは、もしも赤ちゃんに病気がうつったらいけないということで、とても厳しい規則があったんだよ」

「赤ちゃんに病気がうつるの？」

「実はそれは間違った考えで、父ちゃんも母ちゃんも、絶対うつらないと考えていたんだ。そして二人で療養所から逃げ出して赤ちゃんをつくることにしたんよ」

「へえーっ。もし逃げなかったら、私は生まれてなかったんだ……。そんなに大変だったんなら、産まんでよかったのに……」

千蔵は晴海の意外な返事に、凍りついた。続ける言葉が出てこない。すぐに晴海の顔を見る勇気がなかった。二人とも黙って海を見つめていた。

船は九年前の戦時中、千蔵が命がけで鹿児島を目指した吐噶喇列島を、ゆっくり南進していた。戦前、軍艦がひしめいていた東シナ海は、静かな平和の海に戻っていた。二人を乗せた「奄美丸」は、かすむ喜界島を左手に見ながら大島・名瀬港に向かった。晴海には初めて見る奄美大島だが、千蔵にとっては加奈との思い出の多い島だった。蘇鉄が生い茂る名瀬大熊の山々。名瀬港入り口の立神岩、すべては昔のままだが、違うのは加奈がいないということだけだった。

名瀬港で客船から下船すると、三つ年下の弟、奥幸彦が迎えに来ていた。

「千蔵兄さん。久しぶりです。昔と変わっていないね。こちらは娘さんですね。お嬢ちゃん名前教えてね。何歳になったのかな」

晴海が愛くるしい笑顔で答えた。

「奥晴海、七歳です」

「そうか。そうか。やっぱり、なんか加奈さんに似てるね。目かな。お母さんも大きな目だったもんね」

「幸彦よ。お前の方は、子どもは何人いるのかな」

「うちは、男三人で、一番上が七歳で、一番下がまだ三歳だよ」

「そうか。じゃあ奥さんも子育てで大変だね。うちの娘が世話になれば、もっと大変だろうな」

「千蔵兄さん、子ども三人も四人も変わらんので、心配しなくていいよ。子どもだから、食事の量もしれてるよ」


千蔵と幸彦、そして晴海の三人は、幸彦の自宅のある名瀬から南の朝戸方面に向け歩いた。終戦間際、名瀬の町は何度か空襲を受けていた。町の中にはまだ焼け焦げた跡も残っていた。しかし、ダルマ市場周辺には店舗も次第に増え、賑わいを取り戻していた。

名瀬港に流れ込む永田川沿いに五キロほど行った朝戸峠近くに、幸彦の自宅があった。山際の、それほど大きくない家だが、家のすぐ横にはトタン葺きの作業小屋が建てられていた。大島紬の作業小屋である。中に三台の織機が置かれてある。女性が機織りに向かって織り込み作業を行っていた。幸彦が千蔵に女性を紹介した。

「千蔵兄さん。あれが嫁のカズです。おーい、手を休めんかい。千蔵兄さんが来たんじゃ。お茶でも入れてくれんかい」

カズが機織りの手を休め千蔵に挨拶した。

「これはこれは。熊本から、よく来なすった。幸彦からいろいろ聞かされております。こちらにいるのが、晴海さんかな。元気そうな女の子じゃ」

千蔵が晴海の肩に手を置き、カズに挨拶するよう促した。

「この晴海は、ずーっと寮生活だったもんですから、まだ世間慣れしてないんで、いろいろ迷惑かけるかもしれませんがよろしく面倒みてやってください」

晴海が初めて口を開いた。弱々しい声だ。

「奥晴海です。よろしくお願いします」

「しっかりした女の子じゃね。小学校二年生になるのかな、そのうち近くの小学校へ通えばいいがな。小学生なんだから慌てることもない」

カズの冷めた言い方に千蔵がひとこと念を押した。

「晴海は熊本の小学校でいろいろあったせいで、落ち着いて勉強できていません。こちらではしっかり教育が受けられるようにしてやってください。お願いします」

「千蔵兄さん。心配しなさんな。私たちに任せてください」

幸彦は晴海の小学校通いに前向きだったが、カズは少し冷めた表情で二人のやり取りを聞いていた。


このあと千蔵は、弟の家で三日ほど過ごした。晴海とゆっくり話す時間を持つこともできた。千蔵は名瀬を出発する前の日、町を見下ろす神社に二人で散歩に出かけた。

「晴海。父ちゃんは明日の船で鹿児島に向かい、明後日には母ちゃんのところへ帰るよ。お前としばらくは会えないけど、頑張ってみんなに可愛がってもらいなさいよ」

晴海は寂しそうな声で言った。

「父ちゃんはもう帰ってしまうんだね。私一人になって寂しいけど、また来てくれるんだよね」

「来るよ。何度でも奄美に帰ってくるよ。それまでカズおばさんの言うことをよく聞いて大事にしてもらいなさいよ」

「うん……」

千蔵は遠くの名瀬の街並みを見ながら、晴海と別れる辛さを顔に出さないように我慢しているようだった。

「そうだな。母ちゃんの調子がよければ、二人で晴海に会いに来れるかもしれないよ」

「えっ、じゃあまた三人一緒になれるんだ」

母親にまだわだかまりを持っていた晴海だが、一人になってしまう寂しさをしみじみと感じているようだった。

千蔵が、背広の内ポケットから一枚の写真を取り出した。

「晴海よ。この写真は昔、晴海がまだ小さかった頃、家族三人で撮った写真だよ。家族で撮った写真はこの一枚だけだが、この写真はお前が持っていなさい。もし寂しくなったらこの写真を見なさい。大事に持っていなさいね」

晴海は撮影したことはうっすらと覚えていたが、写真そのもののことはもう忘れてしまっていた。筑豊での楽しかった頃を思い出そうとしているのか、晴海は長い時間、写真をじっと見つめていた。

翌朝、千蔵は弟一家に別れを告げ、名瀬港に一人で向かった。晴海は峠を下っていく千蔵の後ろ姿を見えなくなるまで見つめていた。

加奈と大島紬

　千蔵が熊本に帰ってから、カズの様子が徐々に変わってきた。夫の幸彦との口喧嘩が続いていた。カズが大声で幸彦を攻め立てている。

「あんたがいい顔ばかりして、どうするの。あんな子を引き受けてしまって。うちには三人も子どもがいるんだよ。あんたの稼ぎも大したことないし、どうやって食べさせて行くんだい」

「そんなに冷たいこと言うなよ。俺の兄貴の一人娘だよ。大事にしてやれよ」

「おまけにあの子の母親はハンセン病だろ。小学校なんかへ行かせてバレてしまうと、私がみんなに恨まれるよ」

「母親は病気でも、あの子は元気で何の問題もない。そんなに厳しいこと大きな声で言うなよ。晴海に聞こえるじゃないか」

　カズの表情が一層険しくなった。

「あの子は、中学になったら大島紬の機織りをやらせるからね。学校にも都合いいし、うちにとっても収入が増えるんだから」

「中学になってすぐに機織りなんて可哀そうじゃないか。兄貴も勉強させてやってほしいと言ってたじゃないか」

「あんたも知ってるだろう。私が機織りを始めたのは七歳の時からだよ。あの子も中学生になればしっかりやっていけるよ。学校はそのあとゆっくり考えればいい」

カズの意思は固かった。幸彦の声がかき消されるような勢いだった。早速、翌日から機織りの練習が始まった。大島紬はペルシャ絨毯などとともに世界の三大織物ともいわれ、奄美大島の主要産業だった。作業に慣れた大人でも一日中織っても三センチほど、一反織るのに一か月近くは必要だった。小学生の晴海が、まともに機織り作業ができるわけがなく、中学を卒業するころにようやく機織りを習熟した程度だった。晴海は機織りだけでなく、泥染め染色など重労働にも取り組まなければならなかった。食事も、寝室も晴海は、家族一緒ではなかった。

母屋から少し離れた物置のような小屋に晴海の部屋が作られていた。食事は自分で運んでこなければならなかった。その生活は、晴海が十五歳になるまで続けられた。はじめは小屋の中で毎晩泣いていたが、そんな時には晴海は千蔵からもらった家族写真を引き出しから出しては、長い時間見つめていた。

奄美で晴海と別れた千蔵は、菊池恵楓園に帰って二か月ほど経った頃から妙な咳が続き、園内の重病棟で治療を受けていた。加奈は、毎日のように病室を訪れ、千蔵を見舞っていた。

「千蔵さん。元気出してよ。あんなに丈夫だった千蔵さんが病気になってしまって、患者の私が見舞いに来るって、まったく逆なんだわよね」

「加奈。本当に申し訳ない。こんな情けないことになってしまって」

千蔵は結核に罹ってしまっていた。時折激しい咳に見舞われていた。奄美から帰ってから、急に食欲が落ちてしまい、びっくりするほど痩せ、顔つきも変わっていた。

「加奈。奄美の晴海は元気にやっているんだろうか。ちゃんと食べさせてもらってるんだろうか。一人にしてしまって可哀そうなことをしたな。やっぱりここへ置いておいた方がよかったかもしれないね」

千蔵の咳が、また激しくなった。このところガーゼに血痰が出るようになっていた。

加奈が千蔵の背中をさすっている。

「千蔵さん。あんまり心配すると体に悪いわよ。それに千蔵さんの弟の幸彦さんは、私も知ってるけど、昔から優しい人で、晴海のことを可愛がって大事にしてくれてるわよ」

千蔵はまた咳き込んで横になってしまった。菊池恵楓園のある熊本市の黒石原の冬は寒く、阿蘇から吹き下ろす風が時折強く吹く日もある。奄美育ちの二人にとっては厳しすぎる寒さでもあった。千蔵が知る由もなかったが、その頃、晴海は毎日毎日、カズにこき使われていた。疲れて少しでも休んでいるところを見られると、カズの嫌味な言葉が投げかけられていた。

「晴海、作業がちっとも進んでいないじゃない。あんたの食事代も大変なんだから、一生懸命働いてもらわないと、うちの三人の男の子が腹空《はら》かしてしまうんだよ」

晴海の食事は、毎回自分で離れの小屋に運んでくる。一人で食事をしているから、家族が何を食べているかは全く分からない。晴海の主食は白米の時は少なく、一番多いのが蘇鉄の実で作った蘇鉄がゆだった。母屋の食事は見ることができないが、龍田寮にいた時の半分以下の食事だった。晴海は奄美に連れてこられた時に比べ、げっそりと痩せこけていた。風呂は暑い日でも、三日に一度しか入れてもらえなかった。自分の置かれている厳しい状況を親に伝えたいと思っても、手紙は出せないし、電話もないし、ひたすら我慢するしかなかった。

奄美にきて一年以上経つが、小学校へ通わせてくれそうな気配はまったくなかった。

千蔵の死とワタサ節

菊池恵楓園の特別病棟に横たわる千蔵はときおり昏睡状態になるほど病状が悪化していた。聞こえるか聞こえないかのか細い声で、千蔵が加奈に話しかけた。

「加奈。俺《わん》はもう駄目かもれない。さっき寝ている時、晴海が笑っている夢をみたよ。楽しそうに学校へ通っていたよ。それがあのセーラー服を着てたんだよ。可愛らしかったな。あのセーラー服だよ。自転車で三人で飯塚の井筒屋で買ったよな。あのセーラー服着て晴海がはしゃいでいたんよ」

　加奈が悲しそうに千蔵の耳もとで囁いた。

「千蔵さん。何言ってるの。晴海はもうすぐ十二歳になるのよ。あんな小さなセーラー服、着れるわけないじゃないの」

「でも晴海が本当に着てたんだよ。嬉しそうだったよ。会いたいなあ。元気になって晴海に会いたいな」

「そうそう元気になって二人で晴海に会いに奄美に行こうよ。晴海だって会いたがっていると思うよ」

この三日後、千蔵は大量喀血して意識を失い、この世を去った。

奄美大島の大熊で育った二人は戦時色が強まる中、加計呂麻島の勤労奉仕中に知り合い、結婚を約束した。その直後、加奈はハンセン病に罹ってしまった。しかし二人は結ばれ、筑豊の炭鉱住宅で長女が生まれ、穏やかな生活を送っていた。しかし家族三人が幸せに暮らせたのは、ほんの僅かな時間だった。

病気に苦しめられ続けた加奈だったが、千蔵の強い意志で守られ、ひととき女性として、母親として生きることができた人生だった。その運命の人であった千蔵の死で、加奈は深い悲しみに襲われたのだった。

一人きりになってしまった加奈は、菊池恵楓園の法華堂で一人だけの葬儀を済ませ、千蔵の遺骨を抱えて奄美の療養所「奄美和光園」に転院する決心を固めた。一人娘の晴海に会いたい気持ちもあった。

戦争前、父親に連れられ、名瀬港を出てから十四年ぶりの奄美大島への里帰りであった。奄美大島へ向かう、大型客船のデッキの椅子に、千蔵の遺骨を抱えた加奈が座っていた。加奈は穏やかな吐噶喇海峡の海を眺めながら、筑豊時代の三人で暮らしていた日々を思い出していた。

千蔵は十三年前、加奈に会うため鹿児島を目指した。大波に揉まれながら、小船でこの海峡を渡る時、加奈を思い浮かべ、喜界島のワタサ節という島唄を口ずさんだ。ワタサ節は、ハンセン病患者を島から連れ出す悲しい唄であった。千蔵はこのワタサ節に加奈への思いを重ねていた。

しかし、その千蔵も亡くなり、一人になってしまった加奈は吐噶喇海峡の船の上で、千蔵から何度か聞いたワタサ節を心の中で歌っていた。戦争を挟んで時代は変わったが、ハンセン病患者が生きていくにはまだ苦しみや悲しみが追いかけてくる。

加奈も千蔵と必死で生き抜こうとしたが、社会はそれを認めようとはしなかった。その加奈も、今から二十年ほど前に、老衰のため奄美で亡くなった。病気と闘った八十五年の生涯だった。二人が何度も越えたこの吐噶喇海峡の海にワタサの島唄が今も聞こえてきそうだ。

渡しゃ舟　磯舟　人《ちゅ》濡らす磯舟　衣《きん》濡らすつらさ　漕ぐつらさ

完

おわりに

　この物語に登場する「晴海」は、実在する奥晴海さんをモデルにしました。彼女はハンセン病差別による家族訴訟の原告の一人で、裁判では家族も苦しんだことを切々と訴え、国に損害賠償を請求しました。この家族訴訟で、晴海さんら原告側は勝訴し、国は謝罪。二〇一九（令和元）年七月二十四日、安倍晋三首相は首相官邸で「皆さまが強いられた苦難と苦痛に対して深く深くおわび申し上げる」と頭を下げました。

　しかし、裁判には勝ちはしたものの、不条理な疾病差別のため、ひととき幸せだった家族はバラバラに引き裂かれてしまい、家族の幸せは戻ってきませんでした。ハンセン病問題は患者や元患者の身にのみ降りかかったのではなく、その家族らも巻き込み今も続いているのです。

　今、奥晴美さんは七十歳を超え、奄美大島で元気に暮らしています。私はこのようなことは二度とあってはならないとの思いで、彼女の人生に着想を得てこの物語を書き始めました。黒髪小学校（龍田寮）事件など実際に起きた事件などを参考に、一人でも多くの方に読んでいただきこの問題を知っていただきたい一心で、フィクションを取りまぜて描いながら小説に仕立てました。

ハンセン病家族訴訟を支えた弁護団の徳田靖之弁護士は、日本のハンセン病人権問題に関して法曹界は長く見て見ぬふりをしてきた。人権保護に先頭に立つべき弁護士が、この問題に関与した時期が遅すぎたと、反省の言葉を述べられました。確かに戦後、特効薬が開発された時点でも、法曹界の動きは鈍かった。多くの日本人が反省しなければならない大きな理由がここにあります。

ハンセン病患者に対し人類は誤った扱いをし続けてきました。特に日本では、室町時代から、ハンセン病患者を最下位の人間として位置づけ、穢《けが》れの象徴としたのでした。結核菌より弱い菌にもかかわらず、患者たちはその病醜のために人々から忌み嫌われる存在となったのでした。近代になってもその考えは変わらず、厳しい疾病差別が行われました。そして患者の強制隔離を促進する「癩予防法」を制定し、国民には「無らい県運動」を展開させ、ハンセン病患者の完全撲滅を目指しました。

一部の医学関係者は、戦前から患者の人権を無視した「癩予防法」の矛盾を指摘しましたが、戦争の時代の富国強兵という旗印のもと、多くの国民は人権蹂躙への疑問を抱くことなく患者の撲滅を目指したのでした。

岡山県の長島にある療養所「長島愛生園」は、昭和五（一九三〇）年、日本初のハンセン病の国立療養施設として開設されました。一時は二千人近くいた患者も、今は百人を切っています。故郷への夢が絶たれた患者の多くが島の納骨堂に今も眠っています。患者は一人また一人とその姿を消していますが、患者たちが生き抜いた証の建物や詩や文章が今も残されています。こうした歴史的資料を保存して、ハンセン病患者に対して多くの日本人が人権蹂躙に加担した歴史的事実を後世に伝えていくべきだと考えています。

現在も、新型コロナウイルス、エイズなどの感染症に対して数多くの偏見が見られます。病気に罹った患者を、保護するのではなく差別する考えを変えていく必要があります。六年前、ハンセン病療養所の歴史的建造物や記憶遺産をユネスコ世界遺産登録するための協議会が発足しました。患者の人権蹂躙の象徴でもある、患者収容桟橋、消毒風呂、さらに患者に懲罰を与えるための監禁室などは、年々老朽化し傷みも激しくなっています。ハンセン病療養施設の世界遺産登録を推進する協議会は、これからも建物の保存の意義などを訴え続けたいと考えています。

ハンセン病差別に苦しめられた夫婦とその娘の物語を読んでいただき、世界遺産登録へのご支援をいただきたいと考えています。今回出版しました「吐噶喇海峡」の売上金は全てハンセン病療養所のユネスコ世界遺産登録のための活動費用にさせていただきます。

平和を訴える世界遺産「原爆ドーム」と同じく、人権保護を訴える世界遺産として登録を目指していきたいと考えています。長島をはじめ全国のハンセン病関連施設を保存し、多くの若者の人権教育の場になればと願っています。

二〇二四（令和六）年六月

ＮＰＯ法人ハンセン病療養所世界遺産登録推進協議会

理事長　原　憲一

参考文献（編著者　書名　発行所　発行年）

奄美市立奄美博物館編、久伸博ほか『博物館が語る奄美の自然・歴史・文化　奄美博物館公式ガイドブック』南方新社　二〇二一
井出川泰子『火を産んだ母たち　女坑夫からの聞き書』海鳥社　一九八四
井藤道子『星塚随想集』野の花通信社　二〇〇一
鹿屋航空基地史料館連絡協議会『鹿屋航空基地新史料館十周年記念誌　魂のさけび』鹿屋航空基地史料館連絡協議会　二〇〇三
清原つる代『魚雷艇の村で』南方新社　二〇〇五
郷原茂樹『奄美物語』あさんてさーな社　二〇〇八
国立療養所菊池恵楓園入所者自治会『壁をこえて』国立療養所菊池恵楓園入所者自治会　二〇〇六
茂山忠茂・秋元有子『奄美の人と文学』南方新社　二〇〇八
芝慶輔編『密航・命がけの進学　アメリカ軍政下の奄美から北緯三〇度の波濤を越えて』五月書房　二〇一一
島尾敏雄『離島の幸福離島の不幸』未来社　一九六〇
島尾敏雄『震洋発進』潮出版社　一九八七
島尾ミホ『祭り裏』幻戯書房　二〇一九
新里清篤『あゝ学童疎開船対馬丸』琉球文教図書　一九七八
「戦争と筑豊の炭坑」編集委員会編『私の歩んだ道　戦争と筑豊の炭坑』碓井町教育委員会、碓井町立碓井平和祈念館、海鳥社（販売）一九九九

高田利貞『運命の島々 奄美と沖縄』 奄美社 一九六五
土谷勉編『天の墓標 林文雄句文集』 新教出版社 一九七八
徳田靖之『感染症と差別』 かもがわ出版 二〇二二
原田禹雄『天刑病考』 言叢社 一九八三
藤田真一編著『証言・日本人の過ち ハンセン病を生きて―森元美代治・美恵子は語る』 人間と歴史社 一九九六
三宅一志・福原孝浩『ハンセン病 差別者のボクたちと病み棄てられた人々の記録』 寿郎社 二〇一三

方言指導 蛯名宇摩、徳セツミ、中村恵美
監　修 中尾伸治、屋猛司
挿　絵 小坂仁士

著者略歴

原　憲一（はら　けんいち）

1947年　岡山県備前市生まれ
1970年　関西大学卒業、山陽放送入社
1990年　カイロ支局長として中東取材
1993年　ＴＢＳ「報道特集」キャスター
2011年　山陽放送代表取締役社長
2018年　ハンセン病療養所世界遺産登録推進協議会　理事長
2023年　ＲＳＫ山陽放送相談役

寄付の振込口座

口座名義　ＮＰＯ法人ハンセン病療養所世界遺産登録推進協議会
（岡山県瀬戸内市邑久町虫明6539）
銀 行 名　中国銀行邑久支店　普通口座
口座番号　２５０５８４１

小説《しょうせつ》 吐噶喇《とから》海峡《かいきょう》――太平洋戦争《たいへいようせんそう》とハンセン病《びょう》

2024（令和６）年６月12日　初版第１刷発行

著　者　原《はら》 憲一《けんいち》
発行者　前川真一郎
発行所　株式会社山陽新聞社
〒700-8634　岡山市北区柳町二丁目１番１号
Tel.（086）803-8164　Fax.（086）803-8104
https://c.sanyonews.jp/book/
印　刷　モリモト印刷株式会社

ISBN978-4-88197-769-9